Racconti Erotici

Romanzo Erotico Esplicito Con Racconti Hard Ed Erotismo. Erotica Per Adulti Con Storie Di Sesso Eccitanti Ed Erotismo Di Coppia

VIRGIL BLOW

"I tuoi gemiti fanno vibrare il mio desiderio in modo indecente. Chiamami, Voglio muovermi su di te a ritmo del tuo respiro affannato"

DISCLAIMER

Questo manuale ha lo scopo di fornire al lettore un quadro espositivo completo dell'argomento oggetto dello stesso, "Racconti Erotici" Le informazioni in esso contenute sono verificate secondo studi scientifici, tuttavia l'autore non è responsabile di come il lettore applichi le informazioni acquisite.

IL TUO REGALO

Ti ringrazio per aver scaricato questo libro.
Offro GRATUITAMENTE ai miei lettori il libro
"Appunti Di Storie Di Sesso ".

Appunti Di Storie Di Sesso è un piccolo libro gratuito che
ho deciso di offrire ai miei lettori.

ALTRI LIBRI DI VIRGIL BLOW

- RACCONTI EROTICI:
Romanzo Erotico Esplicito Con Racconti Hard Ed Erotismo. Erotica Per Adulti Con Storie Di Sesso Eccitanti Ed Erotismo Di Coppia

-RACCONTI EROTICI:
Storie Di Sesso Vere, Giochi Anali e Tradimenti

-RACCONTI EROTICI :

Storie Di Sesso Esplicite, Adulteri Orge E Sesso A Tre

-RACCONTI EROTICI :

Colleghi Di Lavoro, Scambi Di Coppia E Sogni Proibiti

RACCONTI *Erotici*

ROMANZO EROTICO ESPLICITO CON RACCONTI HARD
ED EROTISMO. EROTICA PER ADULTI CON STORIE DI
SESSO ECCITANTI ED EROTISMO DI COPPIA

VIRGIL BLOW

RACCONTI *Erotici*

STORIE DI SESSO VERE. GIOCHI ANALI E TRADIMENTI

VIRGIL BLOW

RACCONTI *Erotici*

STORIE DI SESSO ESPLICITE. ADULTERI ORGE E SESSO A TRE

VIRGIL BLOW

RACCONTI *Erotici*

COLLEGHI DI LAVORO. SCAMBI DI COPPIA E SOGNI PROIBITI

VIRGIL BLOW

Indice

Introduzione

Questo libro contiene linguaggio per adulti, scene di sesso esplicite temi e altri contenuti espliciti.

Vuoi trascorrere la serata prima di andare a letto in maniera alternativa e più eccitante?
Questo libro scatenerà le tue fantasie con sesso spinto, sesso proibito e tabù. ti terrà eccitata fino all'ultimo orgasmo!
Preparati ad essere trasportata in un mondo di estasi e piacere.
Timore, ansia, desideri proibiti, eccitazione e passione ma soprattutto perversione.
Questo libro include una varietà di storie perverse ed emozionanti, ideali per soddisfare i tuoi sogni più peccaminosi, ogni storia che leggerai iniziera a farti bagnare.
Le storie contengono contenuti espliciti riservati per donne e uomini pronti per un'avventura!
Devo aggiungere altro?
Sì, contiene scene volgari. Sì, è per sporcaccione preparati a godere.
Inizierai a gemere con le più calde ed eccitanti storie di sesso che faranno elettrizzare ogni parte del tuo corpo!

il riferimento a fatti o persone realmente esistite è puramente casuale.
È stato fatto ogni sforzo possibile per rendere il libro più completo ed accurato possibile.

Un nuovo lavoro

È successo come sempre. Il mio smartphone ha emesso un "bip", mi sono allontanato dal monitor del computer sulla mia scrivania, ho prese il telefono e ho controllato le notifiche. Era Peterson, il presidente del consiglio di amministrazione. Ho aperto il messaggio e c'era scritto: "Ho bisogno di te nel mio ufficio." Sorrisi mentre mi alzavo e mi presi la giacca, non importava su cosa avrei dovuto lavorare, importante o banale che fosse, per me era una necessità. Il messaggio non era una richiesta o un suggerimento, era semplicemente una dichiarazione che non richiedeva alcuna considerazione, valutazione o definizione delle priorità da parte mia. L'affermazione era semplice. Lui aveva bisogno di me. Non avevo bisogno di sapere altro. Misi di corsa la giacca e cercai il tablet in caso ne avessi avuto bisogno. I miei tacchi alti scattavano e tintinnavano sul duro pavimento mentre uscivo dal mio ufficio al decimo piano e mi dirigevo verso l'ascensore per l'undicesimo piano, il livello senior executive. Sulla targhetta del mio ufficio c'era scritto: Bella Tyler, direttore esecutivo, questo è il mio nome. Gestisco i conti che Mr. Peterson supervisiona personalmente per i clienti speciali del nostro istituto finanziario. Ma facciamo anche molto di più. Scorro il mio badge lungo il lato dei pulsanti del piano per consentirmi di accedere all'undicesimo piano. L'undicesimo piano è molto limitato. Le normali transazioni commerciali quotidiane non sono consentite lì. Solo le questioni, le decisioni e i clienti strategici più importanti e critici raggiungono tali uffici. Mentre l'ascensore inizia la sua lenta salita dal decimo all'undicesimo, colgo il mio riflesso nella porta lucida. Il formicolio familiare dovuto all'ansia aumenta mentre penso a quale sia il motivo della mia chiamata. A volte è professionale, un potenziale cliente una particolare transazione da supervisionare. Altre volte invece, per necessità personale di Peterson, e quest'ultimo caso è il mio preferito. Esco dall'ascensore e faccio scorrere il mio badge sulle doppie porte immediatamente davanti a me in una parete di vetro che separa gli occupanti dell'undicesimo piano dalle attività sottostanti.

Questa è stata anche l'impressione singolare che ho avuto una volta. Entrando in questa porta, è facile sentire il peso e il potere che emanano questi uffici. Questo piano contiene la sala riunioni, uffici separati per i sei membri del consiglio di amministrazione quando si trovano nell'edificio, uffici per il COO e il CFO. Gli assistenti personali per ciascuno di loro sono parcheggiati fuori dai loro uffici, e sono separati lungo il corridoio a causa delle dimensioni di ciascun ufficio lungo la sinistra. Sulla destra c'è una sala conferenze più piccola, una sala per le telecomunicazioni e la sala riunioni formale. Io stavo andando nell'ufficio più lontano in fondo al corridoio e nonché il più grande, quello del signor Peterson. Bussai alla porta e aspettavo che qualcuno mi dicesse di entrare. Ho lanciato un'occhiata a Anna, il suo assistente personale e molto discreto che mi ha fatto un sorriso, e io ho ricambiato. Stavo su entrambi i piedi con la stessa pressione, la mia schiena era dritta e le spalle tirate indietro, il che faceva pronunciare il mio seno davanti a me. Il mio abbigliamento business quel giorno era nero, composta da una giacca sopra una camicetta bianca semi abbottonata. La mia gonna si addiceva perfettamente alla mia posizione nel settore finanziario, terminava appena sotto la metà della coscia, e poteva essere considerata troppo corta per chiunque. "Entra."
La voce del signor Peterson è chiara e diretta. Afferro la maniglia mentre sorrido di nuovo a Anna e spingo la pesante porta nella stanza. Entro nel suo ufficio, la porta si chiude automaticamente dietro di me. Il signor Peterson, anche nella natura calma e sommessa dell'undicesimo piano, ha sempre chiuso la porta. Vado direttamente davanti alla sua scrivania tra le due sedie dei visitatori. Si spinge di nuovo contro la sedia, i gomiti sulle braccia della sedia direzionale, le dita sulle labbra e il suo sguardo non mi lascia. La giacca è spenta e appesa in un armadio lungo la parete interna. Senza una parola da nessuno dei due, rimuovo la mia giacca, la piego e la poso sullo schienale di una sedia. Le mie dita si muovono per sbottonare ogni polsino della mia camicetta, lavorando i bottoni dall'alto verso il basso sul davanti. I miei occhi sono in contatto con i suoi.

14

Estraggo la camicetta dalla gonna, sbottonando il bottone finale e lo faccio scivolare dalle spalle e dalle braccia. Lo metto sopra la mia giacca. Le mie mani si spostano sul retro della vita, si aprono e si chiudono con la cerniera, quindi si muovono fuori dall'indumento attillato, anch'esso posizionato sulla stessa sedia. Per un attimo, rimango perfettamente immobile, le mani comodamente ai lati. Sono nuda, tranne per le calze alte fino alla coscia e i tacchi da 4 pollici e mezzo. Mi sta guardando intensamente, forse più a lungo del normale, ma aspetto con pazienza. Annuisce, quasi impercettibilmente, dando grande attenzione al mio viso e ai miei occhi. Con quel cenno, mi sposto di lato e mi siedo sull'altra sedia. Incrocio le gambe comodamente come se fossi una normale dipendente o visitatrice completamente vestita nel suo ufficio. Aspetto che dichiari il suo bisogno.

"Sai cos'è oggi, Bella?"

"Oggi, signore?" Ci penso sopra. C'era qualcosa di importante che oggi ho dimenticato. Sono meticolosa nei dettagli con il signor Peterson, quindi dubito fortemente di aver dimenticato qualcosa. Scuoto lentamente la testa, i miei lunghi capelli biondi si muovono sulla spalla destra. Sono seduta con la schiena dritta, di nuovo con le spalle leggermente tirate indietro per mettere in mostra il seno, nessuna parte della schiena contro lo schienale della sedia. Potrebbe chiedermi di accovacciarmi sulla sedia, ma in quel caso me lo direbbe esplicitamente. "No, signore, mi dispiace. Non so a cosa lei si riferisca".

Ridacchiò: "No, cara? Dovrei prendere come positivo o negativo il fatto che non ricordi che un anno fa oggi hai iniziato a lavorare per me?"

Ho sorriso a quella frase. Non avevo idea che fosse già un anno. "Molto positivo, signore. Mi è piaciuto servirla in ogni modo. Semplicemente non ero a conoscenza del fatto che fosse già passato così tanto tempo."

Con il suo sorriso consapevole, sempre fiducioso. "Forse questo potrebbe essere un buon momento per ricordare il nostro accordo, mia cara."

Ho continuato a guardare attentamente i suoi occhi, il viso e le mani per qualsiasi leggera indicazione su cui reagire. "Sì, signore, se lo desidera."

Eccolo. Le prime due dita della mano destra che si separano in una "V". Mi sono appoggiata allo schienale della sedia e ho sollevato le ginocchia sopra i braccioli della sedia, esponendo completamente la mia figa liscia, senza peli e bagnata alla sua vista. Lui ha guardato la mia figa per diversi istanti, i suoi occhi si sono spostati prima sul mio seno, poi sui capezzoli, e infine sul mio viso.

"Abbiamo concordato che avresti potuto decidere di smettere in qualsiasi momento, senza aver paura di ritorsioni da parte mia. Mi sarei assicurato di trovarti un lavoro all'interno dell'azienda per farti rimanere con noi. Sarebbe stato lo stesso di Anna, poco più di un anno fa." Ho sorriso. Sì, Anna potrebbe aver smesso di essere la sua schiava, ma lei non si è mai VERAMENTE fermata. Ho flesso i muscoli di Kegel per fare l'occhiolino con la figa. Lui ha guardato il mio movimento e ha sorriso. "Signore, non riesco a immaginare perché mai dovrei lasciare questa posizione con lei. Mi ha fornito una posizione che è l'adempimento di ciò che sono. Prima di accettare questa posizione e la relativa formazione, ero insoddisfatta. Mi ha riempito con la comprensione di cosa e chi sono." I miei occhi si sono abbassati per una frazione di secondo. "Signore ... spero che lei non voglia interrompere il nostro accordo..."

Lui ha riso alla mia dichiarazione. Non era una risaBella soffusa, ma una risata chiassosa. "Stupida, troia! Dispiaciuto con te? È una buona risposta, tuttavia, una risposta da vera troia non diresti?"

Ho detto solo quello che mi era permesso dire, "Signore, una vera troia non suppone mai nulla, ma cerca solo di migliorare costantemente la sua devozione e le sue capacità, senza aspettarsi mai di raggiungere completamente il piacere del suo padrone". E lui ha sorriso compiaciuto.

Un anno intero da quel giorno. Non ci potevo credere. Solo pochi istanti fa ero seduta su questa stessa sedia per cercare di cambiare la mia vita.

Ero seduta alla mia scrivania al 2 ° piano dell'edificio pensando alle scartoffie che qualcuno mi aveva messo di fronte. Ero una umile contabile che gestiva dei conti banali, circa una decina per una istituzione come la nostra. Sono stata in azienda per cinque anni e l'unica ragione per cui non riuscivo a capire la mia mancanza di crescita nell'organizzazione, era questa: non ero spietata e intricata come la maggior parte degli altri account manager, che riuscivano a scalare posizioni e a farsi notare facilmente. Ero invisibile nell'organizzazione. Necessario, sì, ma invisibile. Ricordo ancora il mio shock, quando mi arrivò una comunicazione per un incontro con il signor Peterson, CEO. Avevo ricevuto un messaggio, avrei dovuto presentarmi entro 15 minuti. Ne ho pensate di tutti i colori, ipotizzando gli scenari peggiori, come il licenziamento. Non credevo davvero che il manager del mio manager sapesse chi fossi. Perché il signor Peterson?

"Bella Tyler?" Alzai lo sguardo verso la voce in piedi nell'apertura del mio cubicolo. "Sono Anna White, assistente personale del signor Peterson. Sei a conoscenza dell'incontro programmato con Mr. Peterson?"

Annuii ansiosamente con la testa e la guardai spaventata. Forse non aveva 30 anni, circa un anno meno di me. Era in vestita con classe e forse un paio di centimetri più alta di me. Aveva i capelli castani sulle spalle e una faccia molto carina.

"Cosa ... c'è qualche problema? Deve esserci un errore. Perché il signor Peterson vorrebbe vedermi?"

Lei sorrise calorosamente, il che era abbastanza rassicurante. "Non c'è nessun errore, signorina Tyler. Signorina Tyler, devo scortarla di sopra. L'undicesimo piano è limitato solo al personale di alto livello."

Scossi la testa e balzai dalla sedia. "Certo, scusa."

All'ascensore, notai che Anna aveva usato un badge diverso per selezionare l'11° piano, e poi lo usò di nuovo per entrare nell'area ufficio. Indicò una sedia vicino alla sua scrivania. "Potrebbero volerci alcuni minuti. Ti assicuro che lui è a conoscenza del fatto che sei qui fuori ad aspettare. Mi farà sapere quando sarà disponibile." Lo disse in modo tale da non lasciare spazio a discussioni, ma il suo lieve sorriso fu di nuovo rassicurante.

Il suo telefono ronzava. Rimase in ascolto per un momento, rimise a posto il telefono e si alzò in piedi. "Il Sig. Peterson è pronto per te adesso, vai entra."

Mi fece entrare nell'ufficio, che era enorme, tanto legno, lussuose moquette, un piccolo tavolo da conferenza e un'area salotto a lato delle finestre che davano sulla città.

"Miss Tyler." Si stava già muovendo da dietro la sua scrivania per incontrarmi. Ho sentito la porta chiudersi dietro di me. Era sui 50 anni e forse qualcosa in meno, ma comunque un uomo alto, con un aspetto tonico e atletico, rafforzato dal modo semplice in cui si muoveva attraverso l'ufficio. Era piuttosto attraente, più di persona che dalle foto che avevo visto sul sito. I suoi capelli erano castani e ingrigiti alle tempie. Mi indirizzò verso una delle due sedie di fronte alla sua scrivania.

"Penso che potrebbe esserci un errore. Forse c'è un'altra Tyler nella compagnia?"

Lui aprì una cartella davanti a sé, ma io non riuscivo a vedere cosa contenesse, c'erano diverse pagine e lui esaminò le prime due.

"Bene, vediamo qui ... Bella Marie Tyler, specialista di contabilità al 2 ° piano sotto Mary Robertson. Hai 30 anni, 175 cm di altezza, 65 Kg", alzò lo sguardo con un sorriso, "scusa mia cara per le informazioni personali. Mi è stato detto quanto possano essere sensibili le donne riguardo al loro peso." Ridacchiò e io risi con lui. "Capelli lunghi, mossi e biondi che si estendono lungo la schiena. Nata a Lamont, Iowa?"

"L'angolo nord-est dello stato vicino al confine con il Minnesota. Sono circa 500 le persone in città. Ci sono molte fattorie circostanti." Lui annuì. Non sembrava davvero interessato e io arrossivo al fatto di avergli dato così tante informazioni su qualcosa che non significava nulla per lui.

La guardò comodamente seduto di fronte a lei. Avrebbe potuto rileggere le informazioni e i rapporti un'altra dozzina di volte, ma la donna di fronte a lui era il guscio ruvido di ciò che poteva tirar fuori da dentro di lei, come una farfalla dalla dura crisalide.

Lesse i dettagli sulla sua famiglia e lei dibatté di nuovo se sarebbe stato utile o dannoso metterli in evidenza.

18

In quelle pagine era possibile che il suo investigatore avesse fornito informazioni a oscure persino a Bella. Diverse donne erano passate attraverso il suo processo di screening, la maggior parte delle quali più giovani, ma nessuna aveva mostrato questo tipo di potenziale. Non da quando Anna aveva trovato una donna di tale potenziale. La natura personale delle informazioni avrebbe potuto offenderla come violazione della privacy ma lei rimase affascinata da tutto questo. L'unica intenzione di Bella, era quella di avanzare nell'organizzazione, e mostrarsi per ciò che era. Il signor Peterson conosceva i rischi legati all'utilizzo di certe informazioni personali, ma usava spesso tali informazioni per esaminare i clienti, per conoscere tutti i suoi possibili vantaggi, ed evitare i rischi.

Aveva studiato i fogli di fronte a lui e ora mi stava studiando. Mi chiedevo che cosa stesse prendendo in considerazione. Mi aveva già fornito abbastanza dettagli per convincermi che dovevo essere la Bella Tyler con cui voleva parlare. Stava leggendo un rapporto, "Cresciuta in una fattoria rigorosa e piuttosto conservatrice e devotamente allineato con un piccolo gruppo protestante molto conservatore, che esercitava una notevole influenza e controllo sulle coppie di dozzine di gruppi familiari nell'area. La madre era molto sottomessa al padre". Sembrava stuzzicarmi, come se avesse voluto conferma da me su queste informazioni. Rimasi scioccata da quanto sapeva di un dipendente di basso livello come me, e del mio passato.

"Come ... perché lei sa così tanto di me?"

Lui sorrise in modo disarmante: "Mio cara, mi assumo il dovere di sapere tutto sulle persone con cui potrei avere a che fare." Stava di nuovo rivedendo le informazioni, quindi si sedette di nuovo. "Sei felice qui, signorina Tyler?" La domanda fu una tale sorpresa, veniva dal nulla e sembrava incongruente con il discorso precedente. Balbettai, ma era il tipo di domanda che avrei potuto aspettarmi durante una revisione delle prestazioni preliminari con il mio direttore, una domanda posta a tutti i dipendenti, sebbene la risposta sarebbe stata ignorata.

I miei occhi fluttuarono per la stanza e la sua scrivania mentre cercavo un modo sicuro per rispondere alla domanda. "Il motivo per cui te lo chiedo è che sei stata qui per cinque anni e non hai ancora avuto un aumento. Tuttavia, quando guardo la qualità del tuo lavoro e i commenti dei clienti che hai servito, mi rendo conto che le tue prestazioni sono eccezionali. I clienti sembrano amarti. Non un singolo commento negativo. Di solito, accettiamo una percentuale di commenti negativi relativi agli account che spingono prodotti che il cliente non desidera. Insomma, hai una buona reputazione di aggiunta di prodotti, niente commenti negativi, e nonostante questo non sei stata promossa."

"Io ..." Avevo la netta sensazione che avesse già avuto un'idea del perché. Se la mia prestazione era così buona, allora qual era il problema? Forse il mio rapporto cattivo con i colleghi maschi?

"Capisco che sei divorziata. È personale e mi dispiace per la tua esperienza. Tuttavia ha una certa rilevanza, penso. Sembra esserci un riflesso di ciò nelle relazioni con i colleghi e i maschi in contesti sociali". Come poteva saperlo! Va bene, avevo un brutto rapporto con i colleghi di sesso maschile, soprattutto se le loro meschinità suscitavano le mie reazioni negative. Ma ... la mia vita da fidanzata?

"Sarò completamente onesto con te, signorina Tyler. Sono costantemente alla ricerca di persone unicamente qualificate con le quali sento di poter lavorare a stretto contatto. Ho in mente una posizione che riferirà direttamente a me e a nessun altro. Forse puoi immaginare che ho l'opportunità, e la responsabilità, di portare alla società conti molto grandi e redditizi. Questi resoconti sono molto importanti per l'azienda, ma anche per me poiché il modo in cui vengono gestiti si riflette direttamente su di me. La persona che sto cercando gestirà quegli account personalmente, esclusivamente, per me. Riesci a capire, ora, perché ho bisogno di conoscere a fondo la persona che dovrebbe ricoprire una posizione del genere?"

Stavo per rispondere quando il suo telefono iniziò a squillare. Quello che non avevo notato era l'altra mano che premeva un pulsante sul suo smartphone, posizionato accanto alla cartella aperta.

"Scusami." Rimase in ascolto per un momento, poi coprì il telefono: "Devo rispondere per forza." Strizzò l'occhio in modo cospiratorio.

La porta dietro di me si aprì e Anna mi indicò di raggiungerla fuori dall'ufficio. Mio Dio! Uscii dall'ufficio confusa. Stava parlando con me di una promozione, ed era anche una promozione bella grossa per dover gestire i suoi conti.

"Come è andata? Capisci perché voleva parlarti in privato?"

Scossi la testa incredula. Caddi sulla sedia di fronte alla sua scrivania senza sapere cosa stavo facendo. "Parzialmente, credo. Siamo stati interrotti da una telefonata. Pensavo di essere nei guai." Lei ridacchiò. "Se fossi stata nei guai, saresti stata gestito al secondo piano." La guardai, senza ancora credere a quello che avevo appena sentito in ufficio. "Il Sig. Peterson sa sempre cosa sta facendo. È meticoloso nel sapere tutto ciò che può in ogni situazione in cui intende essere coinvolto. Ciò include anche le persone con chi sta lavorando."

La guardai intensamente, vedendo una possibile alleata per i momenti che potevano seguire dopo che avesse terminato la sua chiamata. "Lavori con lui da molto tempo?"

Lei sorrise. Fu un momento insolito. "Sì, molto da vicino." Si sporse in avanti e mi ritrovai a fare lo stesso. Diede un'occhiata alla fila di uffici della direzione e agli assistenti come se non volesse essere sospesa nonostante la separazione tra gli uffici. "Non sei abituato a questo tipo di uomini, vero?" Non fu un commento umiliante, ma un'osservazione da parte sua. Scossi la testa. In fondo, ero una ragazza di campagna in una grande città e in una grande compagnia, ero all'undicesimo piano e stavo quasi per lavorare per lui.

"Vuoi qualche suggerimento che potrebbe aiutarti con lui?" Io annuii con impazienza e guardai la porta come se potesse aprirsi da un momento all'altro. "È un uomo che comprende la natura stessa del potere e sa come esercitarlo. Avrà il controllo di ogni situazione in cui si ritrova. Non si metterà mai in una situazione in cui non sa qualcosa o non ha qualche vantaggio; quindi spetta a lui gestire quel vantaggio. Che sia lui o qualcuno a cui si affida per gestirlo." Mi guardò intensamente per lasciarmi riflettere.

Sarei stata quella persona a cui stava affidando quel vantaggio. Ma non avevo quel tipo di potere, e anche la vera ragione per cui non avevo mai avuto una promozione. Non avevo quell'elemento dentro di me per sfruttare la politica dell'ufficio a mio favore. Quella carenza dentro di me era ciò che mi portava in conflitto con le mie relazioni. Mio padre, il mio ex marito, i miei colleghi maschi e la maggior parte dei maschi che incontravo socialmente. La mia esperienza di vita con gli uomini stava controllando e soffocando la mia singolare esistenza, l'esperienza e la gioia. Io stavo combattendo con ogni fibra del mio essere, ma questa lotta non mi stava portando da nessuna parte. Ed in quel momento, ero proprio di fronte ad un altro maschio, molto più forte dei precedenti. Anna vide la preoccupazione e la delusione crescere sul mio viso e attraverso la mia postura.

"Cosa stai pensando?" Chiese Anna.

La guardai, "Una piccola ragazza di campagna di stato persa nel grande mondo ..." Sospirai, "Ho combattuto molto, contro gli uomini per tutta la vita. Non so se posso gestire qualcuno come il signor Peterson."

Rise e si appoggiò allo schienale della sedia. "Credimi quando dico questo, probabilmente ti conosce meglio di quanto tu conosca te stessa. Non fa errori sulle persone che contano se le mette in orbita attorno a lui. Non c'è dubbio, Bella. È una grande massa che contiene tutto il resto nel suo effetto gravitazionale. Ma, per quelli che deliberatamente pone strettamente in orbita attorno a lui, la forza e il controllo sono diversi."

La guardai con aria interrogativa. L'idea stessa mi era estranea.

Continuò Anna. "Gli uomini di controllo che stai combattendo sono quelli che soffocano la tua vita e intendono piegarti alla loro volontà, per modellarti in qualcosa che immaginano. Ciò che vedono in te è la conformità e vogliono trarne vantaggio. Lui invece vede il tuo potenziale. Usa la sua forza e il controllo della natura non per soffocare, ma per sfruttare appieno il tuo potenziale. Posso parlare per esperienza diretta con lui. Le persone pensano che per crescere e prosperare abbiano bisogno di completa libertà dalle redini degli altri.

Lui terrà le redini, ma vagamente tra le mani come un abile cavaliere su un cavallo che ha bisogno di allenamento. Consentirà la libertà ma sarà sempre pronto a fare correzioni con le redini. A volte, potrebbe essere necessario un maggiore rinforzo con la ripetizione e la formazione su elementi specifici che portano alla comprensione. Il risultato finale, tuttavia, è un rilascio di pieno potenziale."

Scuotevo di nuovo la testa. "Ma perché? Devono esserci un paio di dozzine di altri manager là fuori che hanno mostrato più capacità politica di me! Perché proprio io?"

Lei rise. "Hai ragione, e lui lo sa. Ma questa è la cosa giusta, non vuole persone accanto a lui che giochino o agiscano specificamente per un guadagno politico. Vuole fidarsi completamente di quelli più vicini a lui. Per esempio, mi ha tirato fuori dal classico lavoro della segreteria."

"Quindi, stai dicendo che lui mi vuole per questo?"

"Non preoccuparti di questo." Lei poteva vedermi attentamente concentrata. "Ma ...", quel ma attirò la mia attenzione, "c'è sempre un prezzo. È di grande aiuto e premia il servizio devoto, ma si aspetterà molto in cambio. E quando dico molto, intendo molto…"

Il suo telefono emise un segnale acustico e controllò il messaggio. Si alzò e mi alzai anche io. Peterson aveva finito la telefonata e mi voleva di nuovo nel suo ufficio.

"Mi dispiace per l'interruzione di prima, signorina Tyler. Questo è ciò per cui siamo qui." Spostò un blocco note di lato e riaprì la cartella. "Ora ... dove eravamo rimasti?"

"Lei stava descrivendo una posizione che aveva in mente e la necessità di avere la massima fiducia e impegno dalla persona in quella posizione."

"Sì. Fiducia. Impegno. E devozione." Mi guardò intensamente, lanciò un'occhiata ai fogli nella cartella e sembrò prendere una decisione finale su qualcosa. Mi resi conto che io stavo trattenendo il respiro. Dai commenti di Anna, sembrava che questo potesse essere il mio lavoro se questo incontro avesse portato alla conferma della sua precedente analisi.

Quando iniziò a parlare, rimasi scioccata dalla profondità delle informazioni personali e delle conoscenze che aveva su di me. Indagò sulla natura della relazione di mio padre e mia madre. Indagò sull'influenza religiosa nella mia educazione e su come ciò avesse influito sul mio comportamento. Indagò sul mio matrimonio fallito, su ciò che pensavo fosse la causa e su come quell'esperienza mi aveva influenzato. Indagò sulle mie attuali relazioni con gli uomini, sia al lavoro che socialmente. All'inizio pensai solo che stesse cercando di capire chi aveva di fronte, ma poi ricordai ciò che Anna aveva detto sul suo stile e sulla necessità di una completa fiducia. Decisi di continuare a rispondere alle sue domande per capire dove questo ci avrebbe portato. I miei sentimenti iniziarono a cambiare mentre mi interrogava e io rispondevo o chiarivo. Potevo sentire un processo dietro il suo approccio, stava cercando qualcosa. Io, dopotutto, avrei potuto decidere in seguito, se perseguire e accettare questa posizione, e se fosse stato quello che volevo davvero. Ero sicura che avrei imparato di più sul suo stile in aggiunta a ciò che Anna mi aveva già dato. Lo shock si fece più profondo quando mi pose domande più intime e personali sui miei genitori. Ammisi di non sapere nulla su come si fossero incontrati o della loro storia d'amore che li ha portò al matrimonio. Mi mostrò un rapporto, un certificato di nascita e una licenza di matrimonio. Mia madre era rimasta incinta di me da mio padre. Era selvaggia e "facile" come allora veniva usato il termine. Entrambe le famiglie si assicurarono che i due si sposassero. L'elemento religioso stretto, controllato e conservatore della nostra vita era quello di punire e controllare mia madre e me. Avevo sentito parlare dell'espressione "i peccati del padre", ma si trattava di "peccati della madre". Ci si aspettava che senza interventi rigidi e serrati avrei seguito la stessa strada di mia madre. Mi aiutò a spiegarmi, tuttavia, le scelte che avevo fatto nella mia vita, i tipi di uomini da cui ero attratta, ecc.... Mio marito era stato identico a mio padre. Mi sembrava ironico che, l'uomo che avrebbe dovuto "raddrizzare" mia madre e avrebbe dovuto controllarmi, fosse stato lo stesso uomo responsabile del problema.

Questo mi diede anche una certa soddisfazione e sollievo nella realizzazione finale sul fatto che non ero pervertita nei miei desideri. Li avevo tenuti privati, anche se trafilavano facilmente dal mio comportamento. Io ero convinta che i miei desideri e le mie esigenze sessuali fossero una perversione della mia educazione e della mia natura umana, perversioni che andavano contro la mia visione religiosa del matrimonio. Lo vedevo come un bisogno fisico da soddisfare e da reprimere allo stesso tempo, combattevo per superarlo, lottando contro quei sentimenti intensi. Gli uomini al lavoro per me erano dei manipolatori, e nelle situazioni sociali li consideravo allo stesso. I loro bisogni sessuali erano fondamentali, e chiunque avesse interesse in una relazione prolungata con me, trovava che la mia natura riservata e conforme un ostacolo per loro. Quella mia riservatezza non faceva altro che mascherare un controllo, che tuttavia, era soffocante, restrittivo e limitante per le mie esperienze. Più la discussione con il signor Peterson progrediva, più vedevo la differenza con gli altri uomini. Questo era un uomo di vero potere e controllo. In lui, però, sentivo la capacità di essere guidata e diretta in modi che mi avrebbero liberata e potenziata. Vidi ciò che Anna aveva condiviso con lei. La forza e il controllo del signor Peterson potevano veramente liberare il potenziale di una persona.

Mi stava sorridendo da dietro la sua scrivania. Era come se potesse leggere il monitor della mia mente mentre tutti quei pensieri e realizzazioni mi attraversavano. Poteva vedere la mia comprensione e accettazione. Come potevo non fidarmi di qualcuno che aveva fatto di tutto per cercare di capire chi ero? Lui sembrava capire anche quello.

"Posso chiamarti Bella?"

"Ovviamente."

"Questa posizione non è mai stata data qui, certamente non a questo livello. Nonostante la descrizione del lavoro, mi sono preparato per le risorse umane. La vera prestazione della posizione sarà un'evoluzione tra noi mentre impariamo a funzionare come un team intimo per i clienti e gli account." Io feci sì con la testa. Lui mi passò una descrizione del lavoro scritta, che riassunse.

Come spiegava, in pratica avrei dovuto occuparmi della gestione degli account ad eccezione di incarichi da lui diretti. In seguito fece un foglio con benefici e indennità. Era una cifra sconcertante rispetto a quella che avevo preso fino a quel momento. Parlò anche di spostare il mio ufficio, e questo mi sembrò eccezionale. Il mio ufficio sarebbe stato al decimo piano dove risiedevano tutti i dirigenti senior che non erano all'undicesimo. Altri benefici furono inoltre notevolmente aumentati: ferie, giornate libere personali, partecipazione agli utili e incentivi. Ero sbalordita e pronta ad accettare il lavoro, qualunque fosse stato, proprio lì. Apparentemente sembrò percepire anche questo.

Mi sorrise consapevolmente. Fece un ronzio a Anna che entrò rapidamente nell'ufficio e si avvicinò al suo fianco. "Prima di arrivare troppo lontano nell'offrire formalmente la posizione e accettare definitivamente...", sorrise, "Voglio che Anna qui sia testimone del resto della discussione. Senza offesa, Bella, ma non siamo ancora sicuri che tu abbia compreso realmente il significato delle parole impegno e devozione. Ho bisogno di Anna come testimone delle mie parole e delle tue risposte, in questo modo non finiremo in un conflitto legale.

"Conflitto legale? Signor Peterson, posso assicurarle..." La sua mano si alzò per fermarmi.

"La conversazione avrà una svolta molto diversa in questo momento, Bella. Alcune donne si offenderebbero gravemente, anche se penso che tu non lo farai. Tuttavia, preferisco sbagliare dal lato della cautela." Io feci sì con la testa, alzai lo sguardo su Anna e la vidi fare l'occhiolino. "Quello che ho descritto finora è il lavoro pubblico, diciamo quello ufficiale che voglio offrirti." Li guardai entrambi, ero confusa. Anna sorrise ampiamente. "L'altra parte del lavoro è ciò che rende così particolarmente difficile selezionare la persona giusta." Si appoggiò allo schienale e alzò lo sguardo su Anna. "A quanti abbiamo offerto questo lavoro?"

"Nessuno, signore."

"Quanto è stato difficile provare a farlo?"

"Molto, signore. In effetti, in tutta onestà, stavo pensando che non sarebbe mai stato assegnato. Eppure, eccoti qui." Lui sorrise e rivolse tutta la sua attenzione a me.

"L'altra parte della posizione, mia cara, è quella di essere la mia troia personale." Lasciò volare quel commento nell'aria per un momento. So che la mia espressione rifletté il completo shock di ciò che avevo appena sentito. Lui continuò come se fosse una condizione aggiuntiva minore, "Capisci che non può essere una posizione ufficiale o un requisito di lavoro, ma sarà molto reale. Sarai la mia troia personale, non una troia aziendale."

"Sig. Peterson ... ha detto troia ... vuole dire ... fare sesso ... come parte del lavoro?"

Lui sorrise. "Sì, sesso di una varietà molto ampia. Sarai dedicata al lavoro come direttrice dei conti esecutivi, gestendo i conti più grandi e strategici per l'azienda, e sarai devota a me quanto la mia troia." Era abile nella sua presentazione, fece questi commenti sbalorditivi come in una conversazione informale, quindi aspettò che il pieno impatto prendesse piede prima di continuare. In questo modo, non sovraccaricò i miei sensi e le mie emozioni. Mi ritrovai a lasciare che ogni affermazione si sistemasse e raggiungessi un certo livello di accettazione prima che lui continuasse.

"Questi due elementi della posizione sono legati e fusi in modo critico. Ci sono clienti particolari con account che meritano un po' di attenzione speciale. Sesso. Farai sesso con me e con i clienti. In realtà, il sesso lo dirigo io. Quando, dove, come e con chi. Ricordi la parte della devozione? Avrò regole, aspettative e criteri molto specifici per come farti vestire, stare in piedi, stare seduta, camminare, succhiare e scopare. Sei una donna che è stata frustrata e soppressa per troppo tempo dai suoi desideri. Desideri ardentemente il rilascio e la libertà di essere ciò che ti sto offrendo di essere ... una vera troia."

Mi girava la testa. La mia mente lottava per tenere il passo con tutto ciò che usciva dalla sua bocca, e le conseguenti implicazioni. Ma non c'erano dubbi su come il mio corpo stesse reagendo ad esso. Se la mia mente cercava qualcosa a cui aggrapparsi, il mio corpo urlava di essere toccato, sentivo il mio formicolio dalla mia figa ai miei capezzoli e fino al mio cuoio capelluto.

"Scusi, lei mi sembra molto a suo agio nel fare questa proposta. Anna, posso chiedere il tuo ruolo in tutto questo?" Chiesi io.

Anna abbassò lo sguardo sul signor Peterson e lui annuì. Notai che per tutto il tempo in cui rimase dritta, i suoi piedi uniti erano perfettamente in equilibrio, e le sue spalle erano tirate indietro con lo scopo di proiettare il seno in avanti. Lei ridacchiò.

"Io ero te. Beh, non proprio. Ero davvero l'amante del signor Peterson come sua assistente personale".

Peterson fece scivolare una mano sul sedere di Anna, "È molto brava ... in entrambi i lavori. Ma desidera una riduzione significativa dei suoi doveri. Anna, come può succedere, si è trovata un ragazzo, ed è molto seria con lui. Sono molto felice per lei. Tu, come lei, avrai l'opportunità di lasciare la posizione ogni volta che la riterrai troppo pesante, o per qualsiasi altro motivo. Senza rancore. Come con Anna, farò in modo che tu ti prenda cura della compagnia."

"Eri davvero ... sei ...?" Chiesi balbettando a Anna.

Lei ridacchiò e lui le disse di mostrarmelo. Cominciò subito a sbottonarsi la camicetta, a tirarla fuori dalla gonna, a toglierla e a metterla sulla sua scrivania. Si slacciò la fibbia sulla gonna, abbassò la cerniera e la lasciò cadere sul pavimento. Ne uscì, appoggiandola sulla scrivania. Ero affascinata mentre le sue mani si muovevano dietro di lei, sganciando il reggiseno e lasciandolo cadere sulla scrivania. Le sue mutandine furono le ultime. Rimase solo con le calze e i tacchi alti. Poi si rimise accanto a Mr. Peterson. Anna mi guardò e disse: "È molto comodo essere nuda in questo ufficio. Lo sarai anche tu. Posso già vederlo." Arrossivo copiosamente. Potevo sentire il calore che scorreva attraverso la parte superiore del corpo e del viso. "Alzati, signorina Tyler." Rimasi scioccata, ma lo feci. "Togliti il vestito." Li guardai, vedendo Anna che rimase comodamente in piedi. Iniziai a spogliarmi. Mi studiò, allungò la mano nel cassetto centrale e prese delle forbici. "Togliti i collant e tagliali a brandelli. Non indosserai mai più collant. Mi piacciono le calze ma devono essere alte come quelle di Anna, oppure giarrettiere." Feci come mi era stato detto, ero in piedi davanti a loro in reggiseno e mutandine. Potevo percepire un altro suo commento. Lui scosse la testa. "Togliti reggiseno e mutandine." Feci anche quello, restando nuda.

Lui sorrise. "Sei bellissima, Bella. Amo il tuo corpo." Io arrossivo di nuovo.

Mi offrì di nuovo la sedia. Mi sedetti, incrociando discretamente le gambe. Lui chiese: "Bella, abbiamo bisogno di Anna per assistere ulteriormente alla nostra discussione?" Io sorrisi e risposi di no. Anna si vestì e mi passò davanti facendo l'occhiolino. "Ora che hai compreso gran parte della portata della posizione, vorrei che tu prendessi in considerazione questa offerta durante il fine settimana e mi darai la tua risposta alle 9:00 qui." Pensò per un momento come se gli fosse venuta una nuova idea. "Anzi facciamo così. Arriverai qui alle 9:00. Quando entrerai in ufficio, potrai darmi la tua risposta fisicamente. Se ti spoglierai e resterai in calze e tacchi appena entrata, saprò che avrai accettato la posizione. Altrimenti..." Io feci sì con la testa. "Allora, hai qualche domanda su quanto ti ho spiegato?"

Ero seduta nell'ufficio di quest'uomo, nuda, negli ultimi momenti di un colloquio per un lavoro di cui non avevo idea fino a quel momento. E lui mi chiedeva se avevo qualche domanda???

"Sig. Peterson, nonostante la parte di fare la troia, mi chiedo come si gestiscano i conti. Immagino che i conti vengano gestiti fisicamente dal personale dei conti da qualche parte al piano di sotto? Se questi clienti devono essere veramente gestiti a un livello speciale, non dovremmo avere un piccolo personale per supervisionare e rivedere l'elaborazione quotidiana?"

Ridacchiò e fece il sorriso più grande che avessi mai visto sul suo viso. "Mia cara ... nonostante la parte troia ... la tua prima domanda riguarda la gestione degli account ... la adoro!" Venne da dietro la scrivania e mi tese la mano. La presi e mi alzai di fronte a lui. "Non siamo ancora d'accordo, ma posso baciarti?"

Sorrisi e dissi di sì timidamente. Non si mosse, tuttavia. Mi balenò nel cervello con quel momento di imbarazzo, la consapevolezza che se l'avessi fatto, sarei stata la sua troia. Gli misi le mani sui lati del viso e lo baciai sulle labbra. Fu un bel bacio, un bacio da amante, ma non un bacio da troia, immaginai. Gli avvolsi le braccia attorno al collo e gli divorai la bocca.

Le sue mani posavano sulla mia schiena nuda, mentre una scivolava sul mio culo. Io fermai il bacio e feci un mezzo passo indietro per allontanarmi da lui. Il mio corpo era arrossato, surriscaldato, e formicolava per l'eccitazione. Desideravo ardentemente che mi toccasse la figa, che sentisse quanto ero eccitata, ma c'era tempo per questo, e lunedì sarebbe arrivato. Fino ad allora, avevo davvero bisogno di decidere se accettare o no.

Dopo il mio solito lungo viaggio verso casa (due metropolitane e un treno), ho guidato la mia macchinina negli ultimi cinque chilometri fino al mio appartamento. Nell'ultimo chilometro, mi sono fermata a comprare due bottiglie di vino a buon mercato. Pensavo di riposare la mente per la notte e riflettere sulla proposta del signor Peterson con una mente fresca la matBella dopo. Nonostante i miei sforzi di distrazione, non ha funzionato. Ho aperto una delle bottiglie e mi sono versata un bicchiere. Mi sono seduta al tavolino della mia piccola cucina nel mio piccolo appartamento, e ho riletto la descrizione del lavoro che lui mi aveva dato. Ho iniziato a scrivere le mie idee, problemi, preoccupazioni, idee possibili e idee folli. Ad un certo punto ho guardato l'orologio ed erano le 23:00, avevo pagine di pensieri scritti e una bottiglia di vino vuota sul tavolo, quindi sono andata a letto.

Non ero mai stata una troia prima d'ora. Potevo immaginare come fosse, ma sapevo cosa aspettarmi? Negli ultimi due anni avevo avuto delle relazioni, e sono stata sposata, quindi avevo familiarità con il sesso, ma ... una troia ... A quel punto ho deciso di chiedere un consiglio e ho colto l'occasione per chiamare Anna White.

"Anna?"

"Bella, ciao." Lei rise dall'altra parte. "Ti ho già inserito nei contatti del mio telefono."

"Anna, mi scuso per averti disturbato nel fine settimana, ma ... mi chiedevo se potevo farti alcune domande ... sai ... di ..."

Lei ridacchiò, "In realtà mi aspettavo che tu chiamassi. Sì, so di cosa."

"Il sesso, tu eri la sua troia, quindi sai com'è. Che tipo di sesso potrei aspettarmi se..."

"Se accetti questa posizione? Bella, quello che facevo io e quello che invece dovrai fare tu, saranno due cose abbastanza diverse. Tutto quello che posso dirti è la mia esperienza."

"È già qualcosa…"

"Va bene. Il signor Peterson è un amante aggressivo. Concentrati solo sul suo cazzo, non sul fare l'amore. A lui piace il sesso orale e la figa."

"Non anale, giusto?"

"Bella, questo è il problema della tua posizione. I clienti. Anche se il signor Peterson non voleva fare l'anale con me, e non è detto che con te non cambi idea, probabilmente alcuni clienti lo vorranno fare. È tutto un po' incerto con te. Il mio consiglio personale è aspettarti qualsiasi cosa. Se accetti, dovresti mettere in conto che farai quasi tutto."

"Oh cazzo, ora sono ancora più confusa."

Erano solo le 8:50, ma ero fuori dall'ufficio del signor Peterson. Camminai intorno alla sua porta e rimasi lì vicino. Alle 9:00, bussai alla sua porta. Anna alzò gli occhi dal suo lavoro e mi sorrise quando sentii il signor Peterson dire che potevo entrare. Feci un respiro profondo, girai la maniglia ed entrai nella stanza. Attraversai deliberatamente la zona salotto e il piccolo tavolo da conferenza. Mentre mi avvicinavo, prendevo la posizione corretta, tra le due sedie visitatori, direttamente di fronte a lui. Mentre mi posizionavo, lui si inclinava all'indietro sulla sua sedia. I suoi gomiti erano sui braccioli e le dita erano attaccate alle labbra. I suoi occhi erano fissi su di me. Non disse una parola, guardò e basta. Avevo scelto di indossare uno dei pochi abiti che ritenevo potesse essere vicino all'apparenza esecutiva. Era un abito a tubino nero senza maniche che arrivava a pochi centimetri sopra le ginocchia. Presi fiato mentre le mie mani si muovevano dietro il collo per sbloccare il fermo, aprendo la zip sulla schiena. Il vestito si afflosciò. Spostai le mani sulle spalle e lo tirai leggermente in avanti e in basso fino a farlo cadere. Tenendo il vestito dall'alto, lo posai su una delle sedie accanto a me. Questa volta indossavo mutandine e reggiseno di pizzo nero.

Per qualche motivo, anche se non le avrei indossate a lungo, mi sembrò opportuno che le mie mutandine fossero sexy. Con l'approvazione del suo viso, mi resi conto che avevo ragione. Aprii il reggiseno e lo lasciai cadere sulla sedia, poi abbassai le mutandine lungo le gambe. Mi trovavo davanti a lui con calze nere alte fino alla coscia e tacchi neri, i più alti che avevo. Lui rimase immobile mentre mi guardava spudoratamente dall'alto verso il basso. Poi sorrise: "Sono molto contento, Bella. Penso che formeremo una squadra straordinaria."

"Grazie, signor Peterson."

Ridacchiò, girò la sedia di lato. "Ora che hai accettato la posizione, penso di dover scoprire cosa puoi fare e su cosa puoi lavorare. In primo luogo, succhiare il cazzo." Sorrisi nervosamente mentre mi muovevo intorno alla sua scrivania. Alzai lo sguardo mentre mi inginocchiavo di fronte a lui, il mio seno si agitava mentre le mie ginocchia toccavano il pavimento. Raggiunsi la sua cintura, poi la cerniera. Aprendo i pantaloni, lui sollevò i fianchi mentre io li tiravo giù. Indossava boxer blu. Appoggiai la mano sul davanti dei suoi pantaloncini e sussultai. Non avrei fatto finta di essere un esperta di cazzi, ma il suo era grande e non era difficile rendersene conto.

Strinsi il suo cazzo attraverso i boxer, e lo guardai.

"Signore ..." Lui sorrise.

Tirai giù anche i boxer, e ancora una volta lui alzò i fianchi in modo che scendessero. Dopo aver rimosso le scarpe e le calze, mi spostai tra le sue ginocchia per prendere il cazzo tra le dita. Rispetto a qualsiasi altro cazzo con cui avevo avuto esperienza, questo era enorme. Accarezzai quel cazzo morbido, piegai la testa in avanti e leccai tutta la lunghezza. Notai con piacere che i peli erano cortissimi. Presi la cappella tra le labbra, e poi dentro la mia bocca. Succhiai e leccai, torcendo la testa e la bocca. Presto il suo cazzo fu duro e io mi tirai indietro per guardarlo di nuovo. Lo strinsi con una mano alla base mentre con l'altra lo masturbavo. Poi feci cadere una mano per massaggiare le sue palle. Quando raggiunse l'orgasmo nella mia bocca, gli spruzzi mi riempirono, e lui mi chiese di inghiottire tutto. Gli leccai di nuovo il cazzo e poi mi inginocchiai sui talloni per guardarlo in faccia.

"Il suo cazzo è molto grande, signore, ma suppongo che lei lo sappia già", mentre arrossivo al commento sciocco. Inconsciamente, mi leccai le labbra.

"Apri le ginocchia." E io feci come aveva richiesto. "Quando mi trovo in quella posizione, voglio poter godere della vista della tua figa." Arrossivo ma sorrisi. "Hai la gola profonda?"

"No signore." Poi ripensai alla risposta. "Signore, forse dovrei dire, non ancora, signore."

Lui sorrise e si alzò. Il suo cazzo era proprio di fronte a me e si era ammorbidito giusto un po'. Mi sporsi in avanti per baciarlo, poi lui abbassò le mani su di me e mi aiutò a rimettermi in piedi.

"La tua bocca è molto bella. Andrai molto meglio, comunque. Farai molta pratica per me, ne sono sicuro. Ora, vediamo la tua figa. Piegati sulla scrivania con i piedi ben aperti."

Pensai a quanto dovessi piegarmi su una scrivania di un ufficio per essere fottuta da un uomo che conoscevo a malapena. Troia. Sì. Questo è esattamente quello che decisi di diventare, la sua troia. Sentii la sua testa di cazzo scivolare sopra la mia figa. "Ti bagni sempre prima di essere toccata, troia?" Ooooooo ... ora sono troia.

"Non normalmente, signore." Il suo cazzo si stava ancora muovendo sulla mia fessura. Si fermò al mio ingresso. Lo sentii solo appoggiato.

"Bene. Ti stai comportando proprio come fossi la mia troia."

Lui premette un po' sul buco della mia fica e io rimasi a bocca aperta. Era grande e non voleva entrare facilmente... Premette più forte ed entrarono anche gli altri centimetri rimasti dopo aver allargato la mia figa.

"Mio Dio, sei così stretta." Ridacchiò: "Dovremo lavorare per scioglierti. Chissà, potrebbero esserci clienti con cazzi più grandi dei miei." Gemetti.

Le mie mani erano appoggiate sulla cima della scrivania mentre mi afferrava i fianchi e mi tirava indietro. Non sapevo fino a che punto fosse dentro di me, ma quando si tirò indietro per premere di nuovo, rimasi scioccata dal fatto che fosse entrato di più col cazzo, poi ancora e ancora. Quando i suoi fianchi sbatterono sul mio culo, mi sentii completamente penetrata.

L'intensa sensazione di essere penetrata fino a raggiungere il punto del dolore, si era lentamente attenuata. Si tirò indietro e premette di nuovo, ogni volta con un po' più di velocità e un po' più di forza fino a quando la mia figa spremuta e bagnata prese il suo cazzo con più comfort. Poi lui si fermò. Mi guardai alle spalle. Avrei potuto pensare di essere fottuta da un uomo completamente vestito, ma tutto quello che potevo vedere era un uomo con una camicia bianca e una cravatta ancora fissata saldamente al collo. Lui sorrise e mi schioccò il culo.

"Mi viene in mente che non solo lavori per me, ma sei anche la troia in questa relazione. Quindi, perché sto facendo io il lavoro che dovresti fare tu?"

Il suo punto mi sfuggì per un momento mentre la sensazione del suo grosso cazzo nella mia figa allungata mi pervadeva. "Sì, signore." Mi allontanai da lui finché non sentii la cappella alla mia apertura, poi premetti forte e veloce fino a quando il mio culo non gli urtò i fianchi. Gemette in risposta e il mio sussulto fu come se l'aria premuta nella parte superiore della mia figa fosse in qualche modo rilasciata attraverso la mia gola. Una mano era sulla parte bassa della mia schiena come per radicarsi. L'altra mano serpeggiava sotto di me e mi afferrava il seno. Lo strinse e lo accarezzò, poi lo strinse con forza. La mano cedette il passo alle dita che stringevano il capezzolo, inizialmente delicatamente, poi con forza. La tortura era squisita. Il mio corpo iniziò a tremare mentre un orgasmo stava fortemente sviluppando dentro di me. Smisi di muovermi, dolorante per evitare che l'orgasmo arrivasse.

"Vieni per me, troia."

"Signore ... tu ... hai bisogno di ..."

"Ho detto, vieni per me, troia."

La pressione sul mio capezzolo aumentò di nuovo. Il mio corpo tremò violentemente. Le mie braccia divennero vacillanti e la mia vista si spense. I miei occhi si girarono all'indietro quando l'orgasmo arrivò su di me con un'intensità molto al di là di qualsiasi cosa avessi mai sperimentato fino a quel momento. Urlai forte, come non avevo mai fatto prima.

Quando la mia mente iniziò a schiarirsi, mi resi conto che ero caduta in avanti sul suo computer.

Era ancora dentro di me e mi accarezzava lentamente mentre io mi riprendevo. Con quel riconoscimento, sollevai il mio corpo e ho ripresi a muovermi sul suo cazzo. Avevo appena succhiato il suo cazzo e ingoiato il suo seme prima di scopare, era ovvio che sarebbe durato più a lungo. Ho continuato ad aumentare la velocità; di solito ero io quella ad essere scopata, ma in questo caso ero io a scoparlo con i miei movimenti. Premetti forte e usai i muscoli nella mia figa per aumentare il suo piacere. Gemette e mi spinse di nuovo mentre io lo respingevo. Sentii il suo cazzo diventare più duro di quanto non fosse stato prima. Mossi una mano sotto e mi accarezzai il clitoride. Volevo venire con lui questa volta. Lo sentii sussultare e pulsare dentro di me, poi sentii il primo scatto del suo seme riempire la mia figa e in quel momento arrivai all'orgasmo insieme a lui. Dopo essersi lentamente allontanato da me, mi voltai e lo presi tra le braccia, baciandolo ferocemente. "Una magnifica scopata, Bella." Mi accarezzò la guancia con il dorso delle dita, mi baciò, poi con le sue labbra che sfiorarono le mie, "Dopo aver scopato, voglio che tu pulisca il mio cazzo dai nostri succhi". Arrossii ma sorrisi mentre scivolavo in ginocchio davanti il suo cazzo, ora ammorbidito davanti alla mia faccia. Ero di nuovo seduta sulla sedia e iniziammo a discutere su una serie di cose, tra cui le mie idee sulla gestione dei conti esecutivi. Rimasi nuda e acutamente consapevole della sborra nella mia figa, che senza dubbio colava sulla sedia. Il signor Peterson si rimise dietro la sua scrivania. Disse di aver pensato anche all'accordo durante il fine settimana, e concluse con una serie di cose che voleva istituire come regole: gli piaceva di più la figa rasata; il mio abbigliamento aveva bisogno di essere rinnovato, il che significava che avrei indossato solo abiti e gonne con gli orli a metà coscia; gli piacevano anche i miei seni, non troppo piccoli e non troppo grandi e li preferiva senza reggiseno, a meno che la mia camicetta non fosse troppo trasparente, poi succinta, di pizzo o coperta da una giacca; non mi voleva mai in mutande; la mia calza non sarebbe mai stata un collant; gli piaceva molto vedermi nuda mentre parlavamo, il che significava che una volta entra nel suo ufficio avrei dovuto spogliarmi e rimanere con calze e tacchi. Oh, sì, i miei tacchi dovevano essere più alti.

Ricevetti un osceno aumento di stipendio, ma anche così, sarebbe costato un sacco di soldi cambiare completamente il mio guardaroba. Lo vidi premere un pulsante sul suo telefono dell'ufficio, poi la porta si aprì. Il suo ufficio era sicuro e nessuno poteva entrare, a meno che Anna non lo consentisse, ma mi fece fermare il cuore. Girai la testa e trovai Anna che camminava nell'ufficio verso la sua scrivania con una cartella in mano. Mi guardò e sorrise. Posò la cartella davanti a sé e la aprì per poterla esaminare. Mi chiese di avvicinarmi alla scrivania e di far scorrere i primi fogli di fronte a me. Anna mi porse una penna. Improvvisamente, tornai in modalità business. Ero nuda, ma ero in modalità business. Il primo documento riguardava le mie responsabilità per il budget del dipartimento. Il secondo era una richiesta di capitale per la costruzione del mio ufficio al 10 ° piano e due cubicoli all'esterno con mobili, computer, telefoni, ecc. Il terzo era per una carta di credito aziendale da utilizzare per le spese in nome dell'azienda. Il quarto era un contratto di locazione.

Il signor Peterson sorrideva: "Mi prendo cura dei miei dipendenti più importanti, vero Anna?"

"Certo, signore."

"Il luogo in cui vivi non è adatto alla tua posizione ed è troppo lontano. Le tue ore saranno variabili e non voglio che tu viaggi così tardi la sera. Questo contratto di locazione è per un condominio al 14 ° piano, molto bello." Anna annuiva con la testa. "Ho già detto che Anna vive al 12 ° piano? Il contratto di locazione sarà coperto tramite i miei fondi discrezionali, come è stato per Anna. Voglio entrambi al sicuro in questa città."

Il documento successivo era per una carta di credito. "Questo è per abbigliamento e accessori, scarpe, ecc. Inoltre, usalo per viaggiare da e verso il lavoro in taxi. Potrebbero essere solo due chilometri, ma fallo per me." Sorrisi, non sapendo come rispondere a tutto questo. "Anna ti porterà in un bel negozio qui dove potrai iniziare a rinnovare il tuo guardaroba che soddisferà i miei criteri. Non copiare ciò che indossa Anna, ti ho dato delle linee guida più rigorose". Certamente aveva avuto e le mie preoccupazioni sulla spesa per i vestiti nuovi, ma erano appena svanite.

Mercoledì pomeriggio di quella seconda settimana, portò me e Anna a visitare il mio nuovo appartamento. L'appartamento era arredato e rimasi sorpresa da quanto fosse elegante l'arredamento. La camera da letto era stupenda e me ne innamorai immediatamente. Le tende era aperte e si vedeva il panorama della città. Mi vedevo già sdraiata lì con un bicchiere di vino, un libro e la vista notturna della città sottostante. Mi voltai e trovai il signor Peterson e Anna che mi osservavano in attesa. Anna si spostò sul letto e tirò le coperte fino ai piedi del letto. Guardai con comprensione, ma incredula. Non me lo sarei certo aspettato con Anna, anzi, lei non avrebbe dovuto proprio essere coinvolta in tutto questo.

"Anna?"

Lei sorrise e lo abbracciò mentre entrambi allungavano un braccio nella mia direzione. "Non si tratta di un ordine del signor Peterson. Questo è qualcosa che volevo fare con te sin dalla prima volta che ci siamo incontrati, Bella. Non credo di poterlo spiegare, ma c'è qualcosa in te di molto sessuale ed erotico. L'ho chiesto al signor Peterson e ha confermato di aver provato la stessa cosa."

Peterson mi guardò con la lussuria negli occhi, "Striscia, troia. Ci spoglierai. E ci farai godere di più mentre facciamo sesso."

Il signor Peterson aggiunse: "Non ti preoccuperai del tuo orgasmo o della tua soddisfazione. Ti preoccuperai solo di accrescere il nostro piacere mentre ci godiamo l'un l'altro." Feci cenno di aver capito mentre mi toglievo il vestito lasciandomi essenzialmente nuda. Iniziai quindi a spogliarli a turno. Lui aggiunse: "Bella, la mia troia, prendi questa come una lezione importante sull'essere una troia." Poi mi disse delle parole che sarebbero diventate un mantra per aiutarmi a diventare una troia in costante miglioramento: "Una vera troia non suppone mai nulla, ma cerca solo di migliorare costantemente la sua devozione e le sue abilità, senza aspettarsi mai di raggiungere completamente il pieno piacere del suo padrone".

Li aiutai nel fare l'amore, o quello che era. Si dividevano l'un l'altro in tenerezza e dolcezza come se fossero stati amanti perduti in se stessi. Era totalmente diverso dal sesso che faceva con me. La sua relazione era diversa, ma ero la sua troia, e una troia si abitua. La sensazione insolita, tuttavia, fu la mia assistenza altruistica nel fare l'amore mentre ero sul mio nuovo letto nella mia nuova casa. Stavano battezzando la mia nuova camera da letto e avevo la sensazione che sarebbe stato un ricordo poco piacevole, qualcosa che avrei sempre ricordato, qualcosa che mi avrebbe sempre ricordato il mio nuovo ruolo.

Weekend libero

Verso metà dicembre, il mio fidanzato ed io, decidemmo di prenderci tre giorni di pausa dal lavoro. Eravamo soliti non sperperare troppi risparmi durante le vacanze estive per fare dei fine settimana lunghi durante l'arco di tutto l'anno. La strategia funzionava alla grande e mentre la maggior parte delle persone passava il sabato e la domenica a casa a guardare la televisione, noi soggiornavamo in lussuosi hotel a quattro stelle. In questo modo inoltre, evitavamo la calca e i prezzi esorbitanti del periodo di alta stagione. Quel fine settimana andammo sul sicuro prenotando un soggiorno in un hotel situato di fronte a un lago. Piscina coperta, sauna, sala relax e molti altri comfort che ci permettevano di ristorarci dallo stress del lavoro. Il lunedì pomeriggio quando la maggior parte della clientela aveva già lasciato l'hotel, decidemmo di approfittare della piscina coperta. Io indossavo il mio solito bikini bianco, mentre Gabriele un costume a slip acquistato di recente sotto mio consiglio. Prendemmo l'ascensore con gli accappatoi forniti dall'hotel e scendemmo al piano interrato. Appena le porte dell'ascensore si aprirono, una vampata di vapore invase i nostri polmoni. Proseguimmo sul corridoio sorpassando la piccola sala da tè, i bagni e la sauna. Arrivammo alla piscina e come ci aspettavamo, la trovammo quasi deserta. In acqua c'era solamente un uomo sulla cinquantina, mentre sui lettini una coppia più o meno della nostra età. Ci appostammo scegliendo gli sdraio all'angolo per rilassarci in santa pace. Gabriele si mise le cuffiette per ascoltare la musica mentre io scelsi di terminare il libro che avevo iniziato la settimana prima. Dopo circa un'ora di pace, il signore sulla cinquantina se ne andò e al suo posto giunse una coppia formata da una ragazza giovane e avvenente e un signore corpulento che aveva ampiamente superato i cinquanta e che passava la maggior parte del tempo al telefono imprecando e impartendo ordini di ogni sorta.

La ragazza indossava un costume nero intero talmente attillato e stretto che lasciava davvero poco all'immaginazione. Mi girai verso Gabriele per fargli notare che la tranquillità era già terminata e lo vidi intento a scrutare la ragazza come un adolescente in calore. Un po' turbata gli dissi di buttarsi in piscina per raffreddare i bollori che altrimenti lo avrei buttato io stessa. Un po' a malincuore ripose le cuffiette sotto l'asciugamano ed entrò in acqua. Dopo neanche un minuto, la ragazza avvenente entrò in acqua e cominciò a ronzare intorno a Gabriele finendo con il presentarsi. Li vidi parlottare e indicarmi con lo sguardo come se non avessi potuto vederli. Non arrivai nemmeno al successivo punto del libro che decisi di entrare in acqua per separare quella sgualdrina dal mio fidanzato. Li raggiunsi e immediatamente la ragazza si allontanò per tornare vicino al suo compagno. Chiesi spiegazioni a Gabriele e mi disse che si erano scambiati solo qualche battuta e che era stata lei ad attaccare bottone. Per fargliela pagare gli afferrai il pacco per minacciarlo e mi accorsi che era in completa erezione. Fu sincero e mi disse che di fronte a una ragazza del genere era difficile rimanere completamente impassibili. Lo presi per mano e lo trascinai verso la parte della piscina nascosta. La struttura, che sembrava intagliata nella roccia, era costituita da una grande vasca rettangolare fusa, su uno degli angoli, con una parte tonda che si infilava in una sorta di insenatura tra le rocce. Lo portai lì, lontano da sguardi indiscreti e gli presi nuovamente in mano il pacco. Infilai la mano dentro lo slip che io stessa avevo scelto per lui e gli massaggiai lentamente il pene. Presi con le dita la parte più alta e feci uscire la sua grossa cappella rosea che tanto mi piaceva conservare dentro la mia bocca. L'acqua rendeva tutto più eccitante e bagnato, ogni movimento era fluido e sensuale. Lo guardai negli occhi e mi disse di continuare. Impugnai meglio dalla base e lo masturbai stringendo forte la mano. Mi disse di stringere ancora di più per avere la sensazione di penetrare una piccola vagina stretta. Lo feci e lui emise un verso di piacere. Poi fu lui a prendere l'iniziativa e ad afferrare il mio costume. Lo agguantò all'altezza del mio ombelico e lo tirò forte verso l'alto.

Sentivo la vagina come spremuta dal costume e l'attrito mi eccitò moltissimo. Poi infilò la mano dentro e cominciò a sfiorarmi lentamente il clitoride. Dentro di me ero in fiamme, la mia vagina era caldissima ma di contro, l'acqua fredda della piscina creava un contrasto di temperatura che generava un torpore estremamente eccitante.

I gemiti di Gabriele si intensificarono e mi disse di voler venire lì, nell'acqua. Con l'altra mano gli strinsi forte il sedere e aumentai il ritmo fino a farlo venire. Lo sperma fuoriuscii nell'acqua con conseguente gemito di piacere di Gabriele. Le mie mani ancora nelle mutande si impregnarono di sperma caldo e appiccicoso. Lui si accorse della mia eccitazione e continuò a masturbarmi. Mise due dita dentro la mia fica con i polpastrelli rivolti verso il sedere. Cominciò a strofinarmi alternatamente con un dito e con l'altro. La mia eccitazione salì rapidamente. Insieme alle sue dita penetrava la stessa acqua fredda in cui era venuto poco prima. Quella sensazione piacevole che provavo si amplificò enormemente. Ero così accaldata che l'acqua che entrava in contatto con la fica mi sembrava gelida. Sembrava che si strusciasse a me per riscaldarsi e appositamente per farmi godere di più. Con la mano sinistra Gabriele mi afferrò il culo dilatandolo, poi infilò un dito nell'ano procurandomi uno spasmo di piacere. Con il dito nell'ano strofinava la stessa zona e man mano che continuava non capivo più se mi stava toccando solo la vagina, se mi stava masturbando il buco del sedere oppure entrambi. Mi sembrava di essere in estasi e non capivo da che parte del mio corpo arrivasse il piacere. Spasmi, scariche e contrazioni avevano origine nei genitali e si estendevano per tutto il corpo. In alcuni momenti, presa dal piacere, contraevo le dita dei piedi perdendo l'equilibro e galleggiando nell'acqua come se fossi in trans, per fortuna Gabriele mi teneva stretta serrata a lui. Iniziai a gemere sempre più forte, dimenticando che a pochi metri di distanza potevano ancora esserci delle persone, ma non mi importava, come Gabriele, anche io volevo avere un orgasmo in acqua. Proprio quando sentivo il piacere aumentare fino al suo picco massimo, sentii una voce di donna pericolosamente vicina.

Incredibilmente riuscii ad avvisare Gabriele che sfilò le dita alla velocità della luce. La sua azione provocò la fuoriuscita involontaria di un mio grido di piacere, dovuto all'acqua più fredda che entrò rapidamente dentro la mia vagina dilatata. Tuttavia riuscii a mantenere il controllo delle mie mani tirando su il costume. In pochi secondi ci eravamo risistemati assumendo un basso profilo.

Dall'insenatura della piscina arrivò nuotando la ragazza avvenente di prima che ci guardò a lungo concedendoci anche un sorriso beffardo come se sapesse cosa stessimo facendo. Noi fingemmo di parlare del rientro a casa e delle prime cose che ci venivano in mente ma avevo paura che la ragazza avesse potuto notare lo sperma di Gabriele che ancora gravitava nei paraggi. Dopo un paio di minuti la ragazza fu chiamata dal compagno corpulento e con un sorrisetto beffardo sulle labbra fu costretta ad andarsene. Visto il pericolo corso pochi minuti prima fummo restii a continuare, ma spostandoci nella parte più grande della piscina notammo che, esclusa la ragazza con il rispettivo compagno che stavano lasciando la zona, non c'era più nessuno. Io e Gabriele ci guardammo intendendoci immediatamente. Facemmo finta di rilassarci per qualche minuto fino a quando la coppia non lasciò la piscina. Rimasti soli, Gabriele mi prese per mano e mi portò sul bordo della piscina dove l'acqua era più bassa. Mi fece sedere e mi puntò il pene sulla fica ancora calda. L'acqua era proprio all'altezza del mio pube e potevo sentire le piccole onde infrangersi sulle mie grandi labbra ancora dilatate. Il pene premeva forte tra il buco della vagina e il buco del sedere, come se stesse cercando la strada migliore per farmi godere: scelse la strada della fica. Mi eccitava sapere che avendo eiaculato da poco nella sua cappella poteva ancora esserci traccia di sperma e che penetrandomi avrebbe potuto spingermelo dentro. Iniziò a penetrami profondamente emettendo versi bassi ma costanti, probabilmente anche lui sentiva la differenza di temperatura tra la mia vagina e l'acqua della piscina. Forse per questo che, a un certo punto, cambio il movimento iniziando a sfilare quasi completamente il pene per poi inserirlo con poca profondità a circa metà della sua lunghezza.

Ogni volta che usciva sentivo l'acqua infrangersi contro le mie parti più intime. Le piccole labbra erano completamente dilatate e pronte per accoglierlo e per accudirlo. Ogni tanto il pene si sfilava completamente e spinto verso l'alto dall'erezione andava a sbatacchiare contro il mio clitoride. In quei momenti la fica rimaneva per qualche secondo completamente aperta e potevo sentire l'acqua fredda schiantarsi dentro di me. Preso dall'eccitazione Gabriele mi fece abbassare ponendo dietro la mia testa a mo di cuscino un asciugamano preso lì vicino;
poi si mise sopra di me per formare la classica posizione del missionario. Nonostante la posizione non fosse enormemente cambiata, le sensazioni che provavo erano ancora più intense. Con il suo pube peloso Gabriele si strofinava direttamente sul clitoride ma soprattutto le piccole onde della piscina adesso non si infrangevano più sulla vagina ma direttamente sull'ano ancora dilatato. Certe volte mi sembrava che Gabriele si muovesse in sintonia con l'acqua e che ogni sua penetrazione fosse volutamente sincronizzata. Di tanto in tanto il cazzo usciva e finiva nell'acqua, ma prontamente Gabriele lo rimetteva all'interno e ogni volta che lo faceva sentivo il suo cazzo caldo entrare dentro di me circondato da un cappotto fresco ed eccitante. Gabriele mi chiese se fossi vicina all'orgasmo: io risposi di Sì. Era vero. Appresa la buona notizia mi annunciò che stava per venire nuovamente, questa volta dentro di me. Ancora più eccitata dal fatto che mi sarebbe venuto dentro lo incitai ad aumentare il ritmo, afferrai i suoi glutei per enfatizzare il movimento finché non venne. Io venni qualche secondo prima di lui quando il suo movimento era ancora veloce e profondo. Mi sentivo come se tutta l'acqua trasmettesse una carica di piacere su tutto il mio corpo: contrassi ancora una volta le dita dei piedi e gemetti. Dopo di che anche lui venne, sfilò il pene e notammo lo sperma colare dalle grandi labbra fino all'ano e di lì in acqua. Quel giorno decidemmo che lo avremmo fatto in tutte le piscine in cui saremmo stati.

Il mio alunno migliore

Mi chiamo Rosangela ho 37 anni, sono castano chiaro, sono sposata da 10 anni, ho 2 figlie, posso affermare con certezza che alla mia età e 3 gravidanze il mio corpo non è da buttare, sono alta 1,69 e 55 chili ben distribuiti.
Sono un'insegnante e ho deciso di segnalare un fatto accaduto alcuni anni fa.

Insegno in una scuola la mattina e in università il pomeriggio , qui è iniziato tutto. Era la 2 ° classe, tipo ore 20:00, insegnavo nel laboratorio della scuola, lezione sulla riproduzione e la sessualità umana, prima di tutto presenterò l'attore principale della mia vera storia, Manolo, 18 anni, alto, forte, estroverso, tutte le ragazze della stanza sicuramente nei suoi momenti di di privacy lo immaginavano nei loro sogni erotici.
Qulla mattina spiegai ai ragazzi la riproduzione e ho chiesto a uno dei ragazzi di raccogliere materiale (sperma) per lo studio microscopico, erano imbarazzati, ho spiegato che era qualcosa di naturale, ed ecco, Manolo si alza, viene da me, prende la provetta e va da il bagno, ho continuato la lezione e in 5 minuti è tornato e mi ha consegnato il materiale, era caldo e fresco, sono rimasta stupito dalla quantità, era quasi mezzo tubo, virile, ho messo metà del materiale su una lama e ho preparato il dispositivo, le ragazze si sono messe in fila per la grande occasione, vedere lo sperma di Manolo aumentare milioni di volte, ho capito che oltre ai miei studenti anche io mi stavo arrapando , mi smuoveva qualcosa dentro, ero eccitata da quel ragazzo all'età di una delle mie figlie, ho continuato la lezione e presto ho finito, tutti sono usciti per la pausa, Manolo è stato uno degli ultimi ad andarsene e mi ha fatto un sorrisetto, ho aspettato che se ne andasse e ho continuato a mettere apposto le mie cose, non potevo crederci, la mia vagina era bagnata e quando ho preso il tubo con il resto dello sperma, in un momento di follia ma con l'istinto di una femmina, l'ho versato nel palmo della mia mano e l'ho portato alla bocca, l'ho lasciato sulla lingua e l'ho inghiottito , era freddo ormai , ma era delizioso,

44

mi sentivo come una puttana, ho buttato il tubo nella spazzatura e l' ho lasciato lì ero un po delusa di me stessa non ero solita fare pensieri del genere cosa mi stava succedendo?

Presto è iniziata la terza ora di lezione, dopo una lunga giornata le energie sono finite, ho dato la possibilita a tutti gli alunni di tornare a casa qualche minuto prima sono andata al parcheggio a prendere la mia macchina, pioveva a dirotto e quando sono passata alla fermata dell'autobus ho notato 4 dei miei studenti, José Fernando, Gabriela, Marisa e Manolo , Ho offerto loro un passaggio, dopo un ora circa avevo riportato 3 dei 4 studenti a causa della pioggia e del traffico ci stavo mettendo più del previsto, nella mia macchina era rimasto solo manolo in quanto casa sua era la piu distante. Ad un certo punto Manolo con una grandissima faccia tosta mi ha chiesto se mi fosse piaciuto il sapore del suo sperma , L'ho rimproverato dicendo che mi doveva portarmi rispetto, poi ha risposto con fermezza che sarebbe rimasto un nostro segreto e che a suo malgrado mi aveva visto bere il suo sperma e che se avessi voluto, me ne avrebbe dato di più, non credevo a cio che stavo per fare. Ero di nuovo eccitata all'idea che mi eiaculasse addosso, di istinto ho fermato l'auto e ho parcheggiato, non sapevo cosa fare, la mia fica era gia bagnata sapevo cio che voleva. In preda al panico l'ho afferrato e l'ho baciato in bocca, siamo stati insieme per qualche istante a causa della nostra eccitazione, gli ho aperto la cerniera dei jeans e gli ho tirato fuori il pene, era duro ed era grande come potevo immaginare, era enorme e spesso, mi pulsava nella mano , Mi sono inginocchiata sul tappeto, ho scoperto che il suo glande aveva un'enorme testa rossa, l'ho baciato e l'ho succhiato , il piccolo Manolo gemeva rumorosamente, e io succhiavo e succhiavo avrei voluto mangiarlo, poco dopo l'ho leccato dalla testa ai piedi e ho messo i suoi testicoli nella mia bocca, il suo pene ha iniziato a gonfiarsi e a pulsare nella mia bocca ha iniziato a schizzarmi in gola, lo sperma era caldo, appicicoso, ma io ho ingoiato tutto come fosse del latte caldo e succoso, ci siamo scambiati di posto, in pochi secondi mi ha spogliato, mi ha succhiato il seno pieno ed è sceso nella mia vagina fradicia, ha messo la sua lingua sul mio clitoride e sul mio culo, non ce la faceva più.

l''ho preso e tirato per i capelli e ho infilato il suo cazzo nella mia vagina è entrato facilmente, era dilatata per quanto stavo godendo, Manolo si è sdraiato su di me e ha iniziato a sbattermi forte, l'ho sentito dentro di me fino a toccare il mio utero, solo allora ho capito di aver fatto una cazzata, era senza preservativo, e io ero in pericolo, potevo prendere qualche malattia o rimanere incinta, con mio marito per molti anni ha fatto sesso solo con il preservativo, oramai era tardi, mi sono rilassata e sono venuta sul suo cazzo, e lui è venuto su di me potevo sentire un fiume di sperma sopra la mia pancia che scendeva fino alla vagina, ne voglio ancora è l'unica cosa che pensavo.

Ci siamo riposati un po', ho pulito la mia figa con le con le mutande che portavo, perché potevo bagnare il sedile e sarebbe stato difficile spiegare a mio marito cosa fosse succcesso, pensavo che la follia fosse finita, ero in ritardo dovevo tornare a casa, ma lui ne voleva ancoram la sua lingua è scesa fino al mio culo mentre mi raccontava che era semore stato arrapato dal mio culo, sapendo cosa sarebbe successo dopo, ho aperto di più le gambe, lui ha preso il suo cazzo enorme e l'ha spinto nel mio culo con forza, ho gemuto fortissimo per il dolore ma stavo godendo come non mai, il mio ano si stava sofondando era anni che non facevo sesso anale con qualcuno, nenche con mio marito, non lo facevamo da anni, il mio sfintere si è dilatato e in pochi secondi il mio ano ha inghiottito tutto quel pene enorme, poi ha iniziato a prendemi a schiaffi sul culo, entrava e usciva con forza, spellando le pareti dal mio canale anale, era passata quasi mezz'ora dall'ultima volta che era venuto, era il momento stava avendo un altro orgasmo, era un piacevole ad un tratto un gemito e ecco che stava inondando di sperma il mio culo.

Mi sentivo come un adolescente che fa sesso in macchina con il suo ragazzo, è uscito fuori e gli ho dato le mie mutande per pulirmi,l'ho costretto, ad asciugarmi tutto lo sperma che usciva dal mio culo, mi sono vestita e abbiamo messo le mie mutande nella borsa,l' ho riportato a casa e finalmente sono rientrata.

Quando sono arrivata ho visto mio marito seduto sul divano a guardare la partita della sua squadra, Palmeiras, gli ho dato un bacio sulla guancia, perché sulla bocca avrebbe sentito il sapore dello sperma del mio amante, sono corsa in bagno e nell mio ano e addosso avevo ancora tanto sperma , mi sono pulita e sono andata a dormire.

Il giorno dopo l'ho chiamato e gli ho detto che quello che era successo è stato un incidente, che ero sposato ed era la prima e l'ultima volta, lui ha capito e mi ha dato un bacio e se n'è andato.

Dopo tre mesi, ho sentito un po 'di nausea e fastidio all'anca, stavo ingrassando, sono andata dal mio ginecologo, ho fatto degli esami ed è successo, ero incinta, sono corsa da mio marito e gli ho detto la notizia, era felice, ma ha detto che forse era ora di cambiare la marca del preservativi, perché sicuramente deve essersi rotto.

Dopo pochi mesi stavo dando alla luce un bambino sano e meraviglioso, che oggi compie 2 anni, di nome Manolo, in onore del suo vero padre.

Il ragazzo della porta accanto

"Piacere, Michele, credo di essere il suo nuovo vicino"
Sandra alzò gli occhi come se si riscuotesse da un lungo sonno. Era talmente abituata a salire da sola in ascensore e arrivare al suo piano senza mai parlare con nessuno che quasi non aveva fatto caso al bel ragazzo alto e prestante che le si era messo al fianco nell'abitacolo.
"P... Prego?"
Lui la spiazzò con un sorriso smagliante.
"Mi chiamo Michele e sono il nuovo inquilino del sesto piano. Il padrone di casa mi ha detto che tutto il palazzo è abitato da gente piuttosto anziana tranne proprio la mia dirimpettaia e, a giudicare dal primo sguardo, credo proprio che tu sia quella persona"
Lei avvampò. Non era abituata ai complimenti anche se in effetti i suoi venticinque anni non erano certo paragonabili al resto del vicinato. L'appartamento accanto al suo era rimasto sfitto da mesi e adesso ecco che al posto del vecchietto che era morto tempo prima era venuto ad abitarvi quel "Michele" o come diamine si chiamava. Non le piacque che si prendesse tanta confidenza, quindi abbozzò appena un sorriso.
"Piacere, io sono la signorina Benotti..."
"Sandra, certo, ho letto la targhetta sul campanello. Sono davvero contento di fare la tua conoscenza"
Sapeva anche il suo nome, un altro punto a suo demerito. La sensazione di fastidio era sempre più forte. Arrivarono al sesto piano e lui le cedette il passo.
"Prima le signore, anzi, le belle ragazze"
Lei era paffutella e bassa, non si sentiva affatto graziosa e vestiva sempre abiti molto goffi e ingombrati per nascondersi agli occhi del mondo. Non le piacque quella frase che sembrava tutto tranne che lusinghiera.
"Grazie, arrivederci" rispose freddamente.
Lui non sembrò fare caso al tono e in due balzi la raggiunse sul pianerottolo.

"Sono nuovo in città, spero che prima o poi tu possa passare da me a bere qualcosa, magari mi consiglierai qualche bel posto da visitare, oppure, magari, potremmo uscire a cena"

Lei trasalì. Aveva venticinque anni, ma non aveva alcuna esperienza con gli uomini.

"Niente che una buona guida su internet non possa fare..."

Poi si girò di scatto ed entrò in casa il più velocemente possibile.

Rimasta sola sentì che il cuore le batteva all'impazzata. Abitava in quell'appartamento senza altre persone e i genitori erano rimasti lontani in quello che lei considerava un paesello. Non che la vita di città fosse più interessante, ma a lei importava soprattutto che l'umanità la lasciasse in pace. Si sentiva fuori posto, bruttina, grassoccia, e dove abitavano i suoi era sempre stata fonte di derisione per il suo aspetto troppo florido.

Cercò di non pensare a Michele e ci riuscì sino alla mattina successiva quando per andare al lavoro quasi non inciampò su un mazzo di fiori che era stato lasciato sullo stuoino fuori dalla porta. Una bella composizione di rose bianche con un biglietto: "sono stato troppo brusco, ti prego di perdonarmi" e la firma svolazzante che recitava "Michele".

Decise che poteva accettare le scuse e pensò di essere stata troppo severa nel giudicare quel ragazzo. Era troppo ben fatto e aitante per poter avere interesse in una come lei quindi di sicuro voleva essere solo gentile e lei aveva eretto una difesa eccessiva. Alzò le spalle in segno di noncuranza. Tutto era bene quel che finiva bene. Andò al lavoro e pensò a un modo per potersi scusare.

A fine giornata, passando da una pasticceria, decise di comprare un paio di cannoli siciliani che avrebbe portato a Michele in segno di benvenuto. Si immaginò che avrebbero preso un tè insieme e poi ognuno avrebbe continuato con la propria vita.

"Forse di me penserà che non faccio altro che mangiare..." ma scartò il pensiero. Non gliene doveva importare proprio niente di quello che pensava quel ragazzo.

Rientrò a casa e si diede una spazzolata ai capelli prima di bussare alla porta del vicino.

Lui le aprì in uno stato pietoso. O meglio, indecente.

Era appena uscito dalla doccia: i capelli bagnati che gocciolavano sul viso volitivo e le piccole gocce che scendevano dal naso, dagli zigomi e disegnavano arabeschi sul petto nudo sino a scendere sino all'asciugamano che si era avvolto intorno ai fianchi. Le gambe pelose e muscolose del tutto nude e persino scalzo.

"Omioddddddio... scusami, sto disturbando!"

Sandra fece per girare sui tacchi mentre un rossore cocente le imporporava il viso.

La voce dolce e suadente di Michele la fermò.

"Ma no, ma no, vieni, entra pure, mi asciugo in un attimo. Non disturbi affatto"

"N... No, io... ecco volevo solo ringraziarti dei fiori e darti queste"

Gli porse il piccolo vassoio della pasticceria ben confezionato e con un grande nastro e poi si voltò di nuovo cercando di tornarsene a casa. Una stretta forte, non dolorosa, ma decisa, la trattenne.

Michele le aveva afferrato un braccio e l'aveva bloccata.

"Hai gradito i miei fiori? Bene, che piacere, ne sono felice, prego, dai, entra, siamo fra giovani, non è il caso di scandalizzarsi"

E lei deglutendo amaro si fece forza ed entrò nell'appartamento del ragazzo.

Lui non accennò minimamente ad andarsi a vestire, ma la fece accomodare in tinello e cominciò ad armeggiare con la caffettiera.

"Faccio un caffè, ok? Dai parliamo un po', siamo gli unici della stessa età in questo condominio e mi piace fare nuove amicizie"

Lei non riusciva a distogliere gli occhi da quel petto vigoroso i cui muscoli guizzavano a ogni parola.

"Ma sei imbarazzata? Non dovresti, al mare ci sono persone ben più svestite di me"

Sandra non osò confessare che detestava il mare perché era un'occasione terribile per mettere in mostra il seno troppo grande, i fianchi paffuti e il sedere un po' prominente.

"Io... mi sembra di disturbare"

Continuava a ripetere con la bocca asciutta dall'imbarazzo.

Michele rise e si passò una mano fra i capelli umidi e fu un gesto terribilmente sensuale che lei non riuscì a non notare. Un lieve sospiro le sfuggì, ma cercò di ripararlo fingendo uno sbadiglio.

L'uomo fece un sorrisino strano, poi la fissò negli occhi.

"Stanca? Ora ci prendiamo un bel caffè e vedrai che starai subito meglio"

Cominciò a raccontare la sua vita. Era stato assunto come operaio nella grossa fabbrica in periferia, quella che costruiva ammortizzatori per lavatrici ed era soddisfatto per l'indipendenza economica e per l'occasione di poter vivere in una grande città dove nessuno lo avrebbe giudicato. Lei lo fissò obliquamente. Giudicato? Lui? Ma se era una specie di bellissimo dio greco, cosa aveva mai da preoccuparsi del giudizio altrui?

"Detesto la vita di paese, tutti si fanno gli affari degli altri e soprattutto non si è liberi di essere come vorremmo essere."

"Sante parole..." si lasciò sfuggire Sandra subito pentendosi di troppa confidenza.

"Lo sapevo che ci saremmo capiti al volo... Il padrone di casa mi ha detto qualcosa su di te, che provieni da un paesino, che sei spesso sola... non è stato carino, ha detto che eri una brutta grassona, invece ha sbagliato, vedo che sei una bellissima ragazza"

Sandrà cercò di alzarsi di scatto, un po' per il disappunto delle parole del padrone di casa, un po' per lo sguardo famelico di Michele. C'era qualcosa di strano ed eccitante che le faceva paura. Lui si sporse dall'altro capo del tavolo e le posò una mano sulla spalla.

"Non ti preoccupare per lui, è uno stupido, non arrabbiarti, siediti"

Michele continuò a chiacchierare mentre serviva il caffè e parlava di quando era bambino e poi adolescente, delle sue avventure, dei suoi sogni e nel farlo non faceva che girare attorno a Sandra ora prendendo lo zucchero, ora porgendole il latte. Il suo corpo emanava una forte virilità e quell'asciugamano sembrava scendere centimetro dopo centimetro.

Lei bevve il caffè a piccoli sorsi, era eccitata e spaventata insieme. Lui non faceva che dirle quanto fossero belli i suoi capelli e che viso grazioso avesse. Infine, quando ormai era passata quasi un'ora e non vi erano più argomenti banali di conversazione lui si fermò dietro di lei e le passò le mani sulla nuca e sulla schiena.

"Sei bellissima..." e poi la sollevò di scatto e cominciò a baciarla con golosità e premura. Sembrava un affamato che non mangiasse da giorni. La lingua scivolò velocemente nella bocca di lei come una specie di insetto vorace che volesse suggere più nettare possibile. Le mani cominciarono vogliosamente a cercare sotto la felpa arrivando ben presto al gancio del reggiseno.

"No..." cercò di balbettare Sandra, ma si rese conto che non era vero. Lei voleva, e lo voleva follemente, disperatamente. Anni di solitudine si erano come disciolti sotto le carezze rudi e anelanti di Michele.

"Io... Io adoro le donne formose come te, donne che sono belle e non sanno di esserlo, io ti voglio, ti voglio fare mia, adesso" e intanto continuava a spogliarla, strappando, tirando, sganciando. L'asciugamano ormai a terra aveva rivelato una virilità potente e sicura che si ergeva fiera in attesa del suo massimo appagamento.

Lui le tolse tutto di dosso e lei rimase così nuda e prosperosa come una dea, lui si ritrasse un attimo per osservare i seni pieni coi capezzoli rosei e dritti come bravi soldatini sull'attenti. Poi si avvicinò e li mordicchiò e Sandra si inarcò sulle punte dei piedi e mandò indietro la testa chiudendo gli occhi. Un segno di resa totale per una donna che mai aveva avuto un uomo.

La sollevò senza sforzo e la posò sul robusto tavolo che era all'altezza perfetta per un lungo e profondo amplesso. Prima le baciò il monte di Venere, poi esplorò con la lingua ancora più famelica quella segreta intimità che cominciò a riempirsi di rugiada vogliosa infine Michele con lunghi e pazienti assalti riuscì a farla sua.

Fecero l'amore a lungo, i seni di lei sobbalzavano sotto i colpi sapienti di lui che sapeva come muovere la sua asta non solo per il suo piacere, ma anche per il godimento di lei.

"Sei come una dea della fertilità" sussurrò lui baciandole il collo e carezzandole i capelli per poi perdersi ed estinguersi nella piccola morte fra il suo materno e soffice petto.

La teneva stretta e Sandra non riusciva a capire cosa fosse successo. Era stato tutto troppo veloce, troppo fulmineo e inaspettato. Anni e anni di ritrosia verso gli uomini per poi ritrovarsi fra le braccia di uno sconosciuto.

"Michele..." Sussurrò piano cercando di alzarsi e ricomporsi. La femminilità violata le doleva, ma era troppo sconvolta per pensare esattamene a ciò che aveva fatto. Voleva capire, voleva dare un senso a tutto. Era sempre stata troppo cerebrale e anche adesso non riusciva a godersi la bellezza del momento.

"Sei così bella" le rispose lui aiutandola a rivestirsi anche se la accarezzava e la tormentava più per implorarla coi gesti a rimanere nuda piuttosto che a coprirsi. Era premuroso e gentile e questo la confondeva ancora di più.

"Io... Io non avevo mai... Ecco, io non ero mai stata..."

Lui le mise un dito sulle labbra piene come a farla tacere.

"Shhh, non dire nulla mio piccolo fiore, ho capito tutto e te ne sono immensamente grato, nessuna mi aveva mai fatto un regalo tanto speciale, non ti ringrazierò mai abbastanza, anzi... spero di non averti fatto troppo male, è stato difficile per me trattenermi, sei una favola, uno splendore ed è così difficile resisterti"

Il passato di tanta derisione e solitudine di quando abitava in paese tornò ferocemente alla memoria. Sandra si ritrasse.

"Non sono bella, mi prendi in giro"

Il viso di Michele si rabbuiò, una nota amara nella voce.

"Non lo farei mai, mio piccolo fiore, mai. Io che ti ho colto per primo di te posso solo aver cura, non ti vorrei mai far soffrire"

Poi le accarezzò piano il viso e l'avvicinò a sé per baciarla lentamente, con passione, ma più calma, ormai la prima urgenza era passata e poteva gustarsi quel frutto ancora acerbo con più tranquillità.

Sandra aveva tentato di vestirsi con scarso successo, era riuscita a calzare le mutandine, il reggiseno e la gonna, ma ben presto le mani rapide e agili di Michele la riportarono al completo stato di nudità. Quindi l'uomo si inginocchiò di fronte a lei le afferrò le natiche piene e voluminose e affondò la testa ancora umida per la doccia fra le cosce butirrose. Sandra sentì perfettamente i piccoli baci intermittenti e delicati che esploravano e omaggiavano il suo clitoride che si faceva via via più turgido e rigido.

"Oh!!!"

Un sussulto lieve mentre stava quasi per raggiungere un inaspettato orgasmo lì in piedi, in mezzo alla cucina, ma Michele si interruppe e alzò lo sguardo sornione e complice.

"Adesso vieni con me"

Si alzò con un gesto scattante, era proprio un giovane e snello satiro che attirava la sua prosperosa ninfa dei boschi nella tana. Le prese la mano e la condusse in camera da letto. Lei notò appena l'arredamento spoglio tipico degli scapoli, era del tutto affascinata dalla completa nudità e naturalezza di lui, il suo fisico slanciato, i muscoli scattanti e quella virilità mai sazia che si ergeva nuova e novella e desiderosa di lei.

Michele sorrideva come un ragazzino a Natale mentre la faceva sedere sul comodo letto. Le si accomodò accanto e cominciò a ninnarla con cautela, con grazia.

"Va tutto bene, io non ti farò mai del male, per me sei la donna più bella del mondo, e ti voglio ancora e ancora"

Le carezzò i capelli per un tempo infinito, poi cominciò a leccarle il collo suggendo la pelle per aspirarne tutto il sapore, quindi pizzicò i capezzoli rendendoli pronti e vigili. Sandra sospirò e d'istinto le gambe si divaricarono un poco.

"Brava, brava, così ti voglio, devi sempre rispondere così al mio tocco"

Infilò una mano nella femminilità di lei e cominciò a giocare con le piccole e grandi labbra disegnando cerchi concentrici e via via che un cerchio era completato una a una le dita scomparivano nella carne fremente e sempre più umida di Sandra.

Un massaggio erotico che la costrinse ben presto ad artigliare le lenzuola e a inarcarsi scossa da ondate di un piacere travolgente e sconosciuto. Allora e solo allora lui tolse quella mano grondante del godimento di lei per penetrarla con tutta la forza e il desiderio che aveva cercato di trattenere sino a quel momento. Letteralmente la cavalcò come un mandriano cerca di domare una puledra imbizzarrita. Sandra fremeva e si scuoteva di continuo in preda a una serie di orgasmi multipli mentre l'asta turgida di Michele la arpionava senza tregua.

Sandra aveva del tutto perso la nozione del tempo e dello spazio, c'era solo il viso di Michele che di tanto in tanto chiudeva gli occhi e si concentrava per non raggiungere l'apice troppo presto, c'era solo il corpo dell'uomo che gravava dolcemente sul suo e c'era quella notevole mascolinità che la trafiggeva ritmicamente donandole sensazioni mai provate.

A un certo punto lui si bloccò, mandò indietro la testa e venne con un ruggito potente per poi ricadere su di lei senza più fiato, quasi senza vita.

Adesso erano allacciati stretti fra lenzuola madide del loro piacere e a Sandra sembrava di essere in una specie di Paradiso Perduto.

Solo dopo molto tempo finalmente lui si scosse appena e la baciò con tenerezza sulla bocca. Un gesto tenero e affettuoso.

"Sei una forza della natura, ma dove sei stata tutto questo tempo?"

Lei ridacchiò piano e si coprì il volto col cuscino

"Ti ho detto di non prendermi in giro"

Ma lui glielo strappò di mano, era molto serio, quasi incupito.

"Perché non mi credi? Io ti trovo sensuale e splendida"

Lei avrebbe voluto credergli, ma come poteva un ragazzo tanto bello essersi invaghito di una come lei? La domanda le era scolpita sul viso perché lui sorrise lievemente.

"Capisco, chissà quanti idioti ti hanno detto il contrario, a cominciare da quello stupido del nostro padrone di casa... sai? Quando mi ha detto che la mia vicina sarebbe stata una brutta cicciona avrei voluto colpirlo in piena faccia. Cosa ne sa lui della bellezza di un corpo florido? Di una donna che ama per quello che è, con le sue forme butirrose e la sua grazia piena e procace?"

Intanto aveva cominciato a cercare dei vestiti.

"Ti va se usciamo a cena fuori? Ho una fame da lupi, ma il frigo è vuoto"

Sandra capì perché anche lui si era trovato tanto male nel piccolo paese da dove proveniva. Adesso era chiaro che lui avesse dei gusti particolari in fatto di donne e come tutti gli "strambi" era stato deriso sino a che non aveva preferito cercare la felicità in un ambiente estraneo.

E si erano incontrati. Era forse triste? In fondo lui si stava innamorando di lei per il suo aspetto fisico, ma non era esattamente la stessa cosa che accadeva con le donne magre e slanciate? Il fisico e sempre il fisico erano il biglietto da visita di chiunque si approcciasse all'altro sesso. Il carattere, il sorriso, tutte cose belle, ma secondarie. E poi... poi anche a lei piaceva Michele per quel bel corpo tonico e virile. Non c'era niente di male a cogliere le occasioni che la vita offriva.

Sorrise mentre andava in cucina a cercare di recuperare i vestiti.
"Ti porterò in un localino dove fanno degli ottimi arrosti, perfetti per un lupo affamato"
Lui le si avvicinò e le diede una affettuosa pacca sul sedere.
"Perfetto, e poi torneremo qui, perché questo lupo di sicuro vorrà ancora il dessert..."
Sandra gli schioccò un bacio sulle labbra. Pensò a cosa avrebbero potuto fare dopo cena e l'eccitazione la fece fremere. Sarebbe stato molto carino comprare una confezione di panna spray al supermercatino che chiudeva tardi. Aveva letto tante storie sexy in cui la donna di turno disegnava qualcosa con la panna sul corpo dell'uomo per poi leccarla via... Era curiosa di provare. Si sentì sicura di sé come non mai e padrona del suo corpo. Vogliosa di provare nuove esperienze.

Non avrebbe mai pensato che il nuovo vicino le avrebbe stravolto la vita sino a quel punto.
Era un nuovo inizio, un esaltante nuovo inizio.

Ho perso la mia verginità

Da ragazza quando non avevo nemmeno compiuto i 18 anni iniziai a sentirmi strana nei confronti dei ragazzi, i loro sguardi smuovevano in me qualcosa. Non che io non mi fossi mai masturbata, ma non avevo ancora avuto l'occasione di fare sesso con qualcuno, volevo aspettare la persona giusta anche se questo causava un desiderio in me che sentivo sarebbe stato sempre più difficile da placare.

Ero solita andare a dormire in campagna da mia zia quando i miei genitori partivano per lavoro, passavo lì almeno tre o quattro giorni ogni mese, ero sempre a mio agio la casa era molto ospitale e ricordo soprattutto che avevano un cane adorabile.

Quell'anno iniziai a notare gli sguardi di mio cugino, Marco aveva 22 anni il classico ragazzo sportivo pieno di energie, venivamo spesso lasciati soli e lui aveva il compito di badare a me in quanto fossi piu piccola.

Mia zia usci per una festa dicendo che sarebbe tornata solo il giorno dopo, in casa restammo solo io e mio cugino non so il motivo ma nel momento in cui mia zia oltrepassò la soglia di casa, iniziai a bagnarmi.

Lavai i denti misi il filo interdentale e come ogni notte me ne andai a dormire in camera mia, col passare delle ore non riuscivo a prendere sonno, alle 2:00 decisi di chiamare Marco venne in camera mia e si stese nel mio letto dopo poco notai subito che il suo pene era duro come un sasso, non ce la facevo più volevo fare sesso con lui.

La sua mano è scesa lentamente dalla mia schiena fino a dentro le mie mutande ha iniziato ad accarezzarmi la fica, decisi di togliermi le mutande ormai zuppe, un po' intimorita anche io feci scivolare la mia mano nelle sue mutande e iniziai a masturbarlo, ricordo ancora le venature attorno al suo pene rigidissimo.

Inizio a succhiarmi il seno come se non ci fosse un domani, nel frattempo avevo allagato le lenzuola ero troppo bagnata.

Mi sono alzata, ho acceso la luce perche volevo guardarlo negli occhi lui a iniziato a leccarmi in mezzo alle gambe sentivo che lo volevo dentro di me, mi sono emozionata ancora di più, sono rimasta in estasy, siccome ero vergine gli ho chiesto di andare piano, mi ha messo le mani sul seno e mi ha tirato indietro lentamente, sentendo la mia fica che si dilatava molto lentamente ho iniziato a gemere e lui ha infilato il suo cazzo dentro di me, dopo circa 8 minuti gli ho chiesto di tirarlo fuori che non ce la facevo più, mi sono messa in ginocchio e avevo il suo cazzo in faccia, ho iniziato a succhiarlo fino alla gola e in un attimo mi ha riempito la bocca di sperma, mi ha schiaffeggiato la faccia, ha iniziato a chiamarmi porca e la cosa non mi dispiaceva. Ad un tratto è rientrata mia zia,la festa era stata annullata, ci sono stati due minuti di panico, siamo tornati ogniuno nella sua camera e sono riuscita ad addormentarmi.

Da quel giorno facciamo sesso due volte al mese senza che nessuno lo sappia, ovviamente.

Una lunga amicizia

Mi sfastidia lo squillo della sveglia. La raggiungo e la spengo con uno schiaffo. Guardo oltre vedendo la mia migliore amica Silvia sdraiata accanto a me. Sorrido alzandomi lentamente. Mi guardo intorno ricordando dove fossi. Sono a casa di mia madre nella mia camera. Siamo appena tornati dall'università, ero contento di aver fatto una pausa da tutto quello studio. Guardo il letto e sorrido vedendo Silvia sdraiata lì. Non è insolito per me trovare Silvia nel mio letto. Persino nei dormitori del college spesso restava a dormire da me. E aveva la chiave di casa mia, quindi ogni volta che eravamo a casa faceva come le pareva.

Sbadiglio un po 'prima di andare in bagno a farmi una doccia. Non ho un bell'aspetto di prima mattina, sono un metro e ottanta, peso 80 kg, capelli neri corti e occhi blu e sono abbastanza in forma, considerando che non faccio pesi. Faccio una doccia veloce ed esco vestendomi con un paio di pantaloncini da basket e una canotta bianca. Vado di sopra in cucina. La casa è vuota perché mia madre era partita per lavoro poche ore prima. Sbadiglio leggermente prima di iniziare a preparare la colazione.
Silvia è la mia migliore amica da sempre la nostra era un amicizia fraterna. Siamo cresciuti insieme e io la vedevo come una sorella, ma ultimamente quei sentimenti erano cambiati. E 'bellissima, ha dei lunghi capelli castani e gli occhi verdi. Ha un sorriso straordinario che può farti sciogliere all'istante. Procedo a preparare alcune uova, pancetta e toast. Prendo due piatti e ci metto il cibo. Preparo la tavola mentre la sento salire i gradini. Sorrido un po 'vedendola. Aveva i capelli raccolti con una coda di cavallo e i suoi occhi erano praticamente socchiusi. Era con il suo solito pigiama. Una canotta attillata senza reggiseno e un paio di pantaloncini.
"Buongiorno bella addormentata." Dico mentre cammina appoggiandosi un po 'contro di me. L'abbraccio un pò, sorridendo.
"Che ore sono?" chiede dolcemente.
"Sono quasi le dieci." Rispondo, massaggiandole la schiena. Lei sbadiglia di nuovo. Silvia non ha molta fortuna con i ragazzi, è una

persona fantastica ma i ragazzi che le si avvicinavo vogliono solo una cosa, e sappiamo tutti di cosa si tratta. La maggior parte dei ragazzi si allontana quando scoprono che in realtà non è poi una tipa così facile, tutto questo però ha portato Silvia a perdere la fiducia nei ragazzi, anche se erano loro a sbagliare. Probabilmente ero l'unico ragazzo di cui si fidava. Neanche io ho molta fortuna con le donne. Pensavo di essere destinato ad attrarre solo le ragazze pazze. Silvia è ancora vergine perché sta aspettando il ragazzo giusto. Torno alla realtà realizzando che Silvia si è addormentata stendendosi contro di me.

"Forza, svegliati, ho preparato la colazione." Dico lentamente accompagnandola al tavolo. Si siede lentamente al tavolo, sbadigliando un po '. Sorrido camminando verso il frigo.

"Ok, cosa ti piacerebbe bere?" Chiedo.
Lei mi guarda. "Qualcosa con la caffeina."

Dice sbadigliando di nuovo. Sorrido afferrando due lattine di soda dal frigorifero e torno verso il tavolo. Ne apro una e lo metto accanto al suo piatto.
Lei sorride. "Grazie." Sorrido aprendo la mia lattina e bevo un sorso.
"Mike ..." dice guardandomi.
La guardo. "dimmi?" Chiedo.
"Hai dimenticato le forchette, piccolo" Lei sorride. Rido un po 'alzandomi per prendere le posate.
"oops." dandogliene una. Lei sorride e la prende.

Facciamo colazione entrambi e appena finito mi alzo e mi stiracchio un pò, prima di prendere i piatti per metterli nel lavandino. Silvia è seduta lì sorride mentre li lavo. "Che c'è?" Chiedo sporgendole la lingua. Mi fa un ghigno sexy.

"Ho un posto in cui puoi mettere quella lingua." Mi dice facendo l'occhiolino. Rido, "Continua a provocarmi ... Un giorno se mi gira lo faccio." Dico sorridendo.

60

Lei ride un po '. Eravamo entrambi in confidenza l'uno con l'altro su quasi tutto. Non c'era davvero alcuna tensione tra di noi, potevamo dirci qualsiasi cosa. Entrambi flirtavamo l'uno con l'altro come matti, lei passava e a volte la afferraco e le schiaffeggiavo delicatamente il culo mentre passava, aveva la stessa reazione ogni volta. A volte faceva dei sorrisetti provocanti o si mordeva il labbro in modo sexy. Sorrido un po 'finendo i piatti e li metto via.

"Che cosa vuoi fare oggi?" Chiedo mentre mi sorride.
"Bho, andiamo al centro commerciale", risponde sorridendo.
"Ok, a me sta bene." Dico guardandola.
"Ottimo." Lei sorride.

"Adesso andiamo a casa mia ho bisogno di fare una doccia." Lei dice.
Annuisco. "Fammi prendere le scarpe."

Mi cambio un paio di jeans larghi blu e una maglietta nera . Mi pettino un po 'i capelli e mi metto le scarpe prima di prendere le chiavi, il portafoglio e il cellulare pronto per uscire. Chiudo la porta del seminterrato e la guardo.
"Pronta?" Chiedo.
Lei annuisce. "Andiamo."

Ci incamminiamo verso casa sua, arrivati lì entriamo e sua madre ci salta con il solito sorriso, era sempre contenta che passassimo del tempo insieme.

"Ehi, ciao Michael, è bello rivederti." La mamma di Silvia sorride.
"Piacere di rivederla, signora." Rispondo con tono gioviale. Guarda Silvia. "Avete già mangiato?" Lei chiede.
"Sì, Michael ha preparato la colazione.", risponde Silvia sorridendo un po '.
"Oh, che amore." La mamma di Silvia dice sorridendo.
"Magari finisce che un giorno finirete per sposarvi" Lei dice.
"Mamma, lascia perdere." Dice Silvia ridendo mentre superiamo sua madre che si dirige verso la sua stanza.

Arriviamo nella stanza di Silvia e mi guardo un po 'in giro. Wow, ho pensato tra me e me. Erano passati tre mesi da quando avevo visto la stanza di Silvia, l'ultima volta, avevamo noleggiato alcuni film e avevamo fatto le ore piccole. Silvia sorride tira fuori dei vestiti e li appoggia sulla sedia.

Tira fuori un reggiseno e un paio di mutandine, prima di togliersi la camicia spinge giù lentamente i pantaloncini. Si toglie la camica e resta in topless. Si voltò di fronte a me. Sorrido un po ' mentre si solleva il seno e lo lascia cadere. "Mamma .." dico fingendo di succhiarle un capezzolo. Lei ridacchia guardandomi. "Vado a farmi una doccia, quindi mettiti a guardare la tv o qualcosa del genere.. semplicemente non masturbarti." Lei ride.

Entra nel bagno e chiude la porta. Sorrido un po 'sdraiato sul suo letto e accendo la tv . Scorro un po 'i canali prima di sintonizzarmi su alcuni video musicali. Metto la mano sul bordo del letto prima di sentire qualcosa tra il materasso e la molla, la mia curiosità prende il sopravvento e lentamente tiro fuori l'oggetto. Quasi scoppio a ridere vedendo il vibratore che le ho comprato per il suo compleanno, un paio di anni fa. Ricordando che le batterie non erano incluse, provo a premere su on. Inizia a vibrare, emettendo un lieve ronzio. Sorrido. "Ragazza cattiva cattiva." Dico piano mentre lo spengo. Lo rimisi apposto ridendo mentre guardavo la tv . Rimango disteso a guardare la tv per circa quindici minuti dopo, quando finalmente Silvia esce dal bagno solo con reggiseno e mutandine. Fischio un po '. Lei ridacchia girandomi intorno, dandomi la possibilità di guardarla dalla testa ai piedi. Sorrido. Sta bene... è dannatamente in forma. E lei lo sapeva. "Beh, dovrei vestirmi." Dice aprendo gli occhi e guardandomi. Annuisco e lei si alza inizia a vestirsi. Continuo a guadarla mentre si veste non riuscivo a toglierle gli occhi di dosso. Alla fine si è vestita con una minigonna blu e una canotta bianca. Scuoto la testa.
Accidenti perché doveva essere così arrapante? Mi chiedo mentre si siede per mettersi le scarpe. Le accarezzo leggermente la schiena. Mi guarda e sorride.

"Che c'è?" Chiedo.

"Niente." Dice appoggiandosi a me.

Decido di abbracciarla. Si stringe un po' a me prima di prendere una borsa e metterci dentro dei vestiti. .

" Dai andiamo." Dice dandomi uno schiaffetto sulla guancia. Sorrido e mi alzo poi scendiamo le scale salutiamo sua madre e torniamo a casa in macchina e finalmente ci dirigiamo verso il centeo commerciale, tutti e due rigorosamente con la cintura allacciata, è sempre stata una persona precisa lei poggia la sua mano sul sedile. leggermente metto la mia mano sopra la sua. La guarda e sorride un po 'tenendomi per mano.

Arriviamo al centro commerciale, parcheggio la macchina. Entrambi usciamo lentamente e camminiamo verso il centro commerciale. "Dove andiamo come prima tappa?" Le chiedo, tenendole la porta mentre entriamo nel centro commerciale. "Che ne dici di andare al FYE?" Chiede, imitando l'accento del deep south.

Rido. "Ok andiamo." Dico mentre ci incamminiamo verso di questo negozio. Mi stringe un po' al mio braccio mentre camminiamo verso il FYE, c'è un problema, il FYE non si vedeva. "Ehi! Dov'è il FYE?" Lei chiede.

Faccio spalluccie vedendo qualcuno che lavorava in libreria accanto a dove doveva essere la FYE. "Mi scusi, ma puoi dirmi dov'è il FYE?"Chiedo imitando la profonda voce meridionale di Silvia. Silvia si mette un po ' a ridere.

"Uh ... sì proprio nell'altra ala del centro commerciale." Disse l'impiegato della libreria. Annuisco. "Grazie ". Dice Silvia con il suo accento del sud.

Rido mentre il ragazzo se ne va. Mi sorride afferrandomi per mano e ci incamminiamo dall'altra parte del centro commerciale. Ci fermiamo a metà strada e lei si nasconde dietro dietro di me. Non capivo cosa stesse facendo ero un po 'confuso, finché non ho alzato lo sguardo vedendo Eric. Eric aveva una cotta per Silvia, ma a Silvia non piaceva per niente.

E' troppo tardi, lui si avvicina lentamente. "Oh merda." Dice dolcemente Silvia.

"Non preoccuparti, ci penserò io." Dico mentre cammina.

"Ehi Mike, Silvia come va?" Chiede sorridendo squadrando il corpo di Silvia.

"Ehi Eric, che ci fai qui?" Chiedo.

"Mi annoiavo, come stai Silvia?" Chiede sorridendo. Le faccio scivolare un braccio attorno. Lei mi guarda. "Sto bene solo con il mio Mikey ." Dice sorridendomi. Io sorrido indietro. "Quindi state insieme, adesso?" Chiede Eric guardandoci.

Sorrido e guardo Silvia. "Si." Dice Silvia prima di avvolgere le braccia attorno al mio collo e mi chino dolcemente baciandola mentre poso le mani sui fianchi. "Ok, ok ho capito." Lui dice. Entrambi lo ignoriamo e continuiamo a baciarci. Alla fine si arrabbia e se ne va. Rompiamo lentamente il bacio, guardandoci a lungo negli occhi. Silvia non si mosse, era ancora in piedi vicino a me con le braccia intorno al collo. Tengo le mani sui suoi fianchi. Lei sorride leggermente mordendosi il labbro.

"Baci bene, lo sai?." Dice piano. "Anche tu." Dico sfregandole i fianchi. "Dai." Mi sorride prendendomi di nuovo la mano e camminiamo verso la FYE e ci guardiamo un po 'in giro. Camminiamo mano nella mano verso la FYE e iniziamo a sfogliare i cd . Finiamo per guardare tutti i cd . Siamo passati alla sezione DVD del negozio e Silvia sorride guardandomi. "Vedi qualcosa che ti piace?"Chiedo. "No, non proprio", dice guardandosi intorno. "Sì, neanche io." Alla fine decidiamo di tornare a casa saliamo in macchina e vado dritto verso casa mia. Una volta a casa saliamo in camera mia silvia decide di stendersi sul mio letto. "Che cosa vuoi fare?" Silvia chiede "Non lo so, a te cosa va di fare?" Chiedo. Lei sorride un po '.

"Stavo pensando che forse potremmo solo sdraiarci l'uno accanto all'altra..." Si muove spingendomi leggermente sul letto stendendosi sopra di me. "Potremmo semplicemente sdraiarci qui e guardare un film." Lei dice.Sorrido un po ', mettendole le braccia attorno. Silvia posa la testa sul mio petto. Prende il telecomando dal tavolo e accende la tv .

Sfoglia un po ' i canali fino a trovare un film che ci piaccia ad entrambi. Guardiamo il film e dopo un po 'entrambi iniziamo a sbadigliare. Si accoccola su di me e chiude gli occhi.

La accarezzo dolcemente mentre lei lentamente si addormenta. Sorrido 'chiudendo gli occhi lentamente addormentandomi anch'io. Mi sveglio qualche ora dopo sentendo gemere piano Silvia. Apro gli occhi e lentamente la guardo. Aveva gli occhi chiusi e la testa inclinata all'indietro. Faccio scivolare lo sguardo lungo il suo corpo e noto che si era infilata la mano nella gonna, non riesco a crederci. Lei si accorge che mi ero svegliato e si ferma, entrambi scoppiamo a ridere e sottovoce in modo molto sensuale mi sussurra "scusami."

Le dico con un fare molto provocatorio, "non devi scusarti tranquilla, per me puoi continuare"
Ci pensa un attimo "sei sicuro?"
"si,non mi dispiace." Dico dolcemente e scherzando le chiedo se vuole una mano, senza dire nulla inizia a guardarmi, il mio pene inizia a diventare duro mentre si alza e si sfila la camicia e la gonna.
Fa scivolare lentamente le sue mutande sul letto e per la prima volta vedo la sua fica. Silvia inizia ad arrossire "ho dimenticato di radermi" dice guardandomi.
"se vuoi lo faccio io" le chiedo , lei accetta. A quel punto ci alziamo la porto nel bagno trovo la schiuma da barba e un rasio elettrico, mi chiede se lo avessi già fatto prima, scuoto la testa e le dico di no, la sua fica era bagnatissima si notava ad occhio nudo.
Silvia si morde un po 'il labbro. Faccio scorrere l'acqua calda nel lavandino e lancio il panno per farlo riscaldare. Guardo la sua fica e prendo il rasoio elettrico tirandolo su e spostandole delicatamente i peli della fica. Si morde un po 'il labbro, appoggiandosi al muro. Silvia sorride guardandomi. Piccoli sussulti le sfuggono dalle labbra mentre sente le vibrazioni del rasoio. Uso la mano libera e le strofino delicatamente la coscia. Sorride mentre prendo l'asciugamano e chiudo l'acqua. . Geme sentendo il calore del panno. La guardo un po 'dandole qualche istante per ammorbidire i peli.
Dopo alcuni minute rimuovo il panno e riempio il lavandino con acqua calda. "Pronta?" Chiedo. Lei annuisce un po '. "Sì, forse dovresti prendere una sedia." Lei dice. Annuisco ed entro nella mia

stanza prendendo la sedia dalla mia scrivania. Mi siedo davanti a lei e raccolgo il rasoio. Si appoggia e si mette a proprio agio. Prendo la schiuma da barba e ne metto un po 'in mano prima di stenderla delicatamente sulla fica di Silvia. Lei ansima dolcemente per il fresco della schiuma da barba. Raccolgo il rasoio e lei mi osserva mentre lentamente le rado una striscia accanto alla figa.

Dopo aver rasato una linea, mi chino delicatamente facendo scorrere la lingua tra le labbra della sua fica lasciandola sfregare contro il clitoride. Geme dolcemente, mentre tiro indietro la testa e continuo a radere la figa di Silvia fino a quando non diventa liscia. Prendo il panno e la pulisco delicatamente assicurandomi di non perdere neanche un pelo. Alzo la mano strofinando la punta delle dita sulla figa nuda di Silvia. Lei geme piano. Prendo della lozione idratante e la massaggio delicatamente sulla pelle. Lei sorride mentre riceve l'ultimo tocco . "Come ti senti?" Chiedo dolcemente. "Mi sento benissimo." Dice dolcemente guardandomi negli occhi.

Sorrido lentamente inclinandomi verso l'alto, muovendo la lingua tra le sue labbra lasciando che la sua punta sfreghi contro il suo clitoride. Silvia geme dolcemente muovendo leggermente i fianchi. Mi fermo e mi alzo muovendo la sedia. Sollevo delicatamente Silvia e la porto in camera da letto e la sdraio delicatamente sul letto. Mi guarda mordendosi leggermente il labbro. Mi chino dolcemente baciandole le cosce e sfregando la punta del dito sul clitoride. Geme piano mentre faccio più pressione sul suo clitoride. Silvia chiude gli occhi afferrando un po 'il lenzuolo. Continuo a muovere delicatamente le dita contro il suo clitoride, esercitandomi un po 'più di pressione mentre abbasso le labbra baciandole dolcemente le labbra della figa. Silvia geme sollevando leggermente i fianchi mentre premo lentamente la lingua nella sua stretta figa verginale.
Gli occhi di Silvia si spalancano un po 'e la sua schiena si inarca mentre geme forte. "Mike ..." dice Silvia respirando pesantemente inarcandola di nuovo.

66

"Si?" Chiedo lentamente muovendo la lingua dentro e fuori dalla sua fica stretta. Silvia inarca la schiena un po ' di più gemendo ad alta voce mentre si avvicina all'orgasmo . Continuo a spingere la mia lingua dentro e fuori lentamente mentre Silvia continua a gemere sempre di più fino a quando il suo orgasmo finalmente si placa. Chiude gli occhi respirando affannosamente, coperta di sudore. Mi alzo e mi sdraio accanto a lei nel letto. Si gira e si rannicchia contro di me finalmente riprendendo fiato. "Merda." Dice dolcemente Silvia tenendo gli occhi chiusi. Sorrido un po 'massaggiandole il fianco. Trascorrono circa 30 minuti e Silvia si addormenta profondamente, rannicchiata contro di me. Anche io mi addormento. Mi sveglio sentendo la porta aperta.

Mi siedo un po 'lasciando Silvia sdraiata lì. Mi vesto e la muovo delicatamente appoggiandola nel modo giusto sul letto con la testa su un cuscino e le porto il lenzuolo. Sorrido baciandole la fronte prima di salire le scale. Mia mamma sorride vedendomi. "Hey."

"Ehi tesoro, wow sono sorpresa di non vedere Silvia." Lei sorride. "Sta dormendo di sotto." Dico sorridendo. "Giuro che voi due dovreste sposarvi." Mia madre dice mentre entriamo in cucina. Sorrido e basta.

"Quando devi tornare a scuola?" Chiede mia madre. "Ritorneremo tra un paio di settimane. Probabilmente andremo a fare shopping prima di tornare. " Dico.

Sorrido pensando a quello che è appena successo. Sentendo la porta del seminterrato aperta, alzo lo sguardo. Si era vestita con la gonna e la camicia. Mi sorride un po 'camminando e mettendosi seduta sulle mie ginocchia. "Dormito bene ?" Chiedo. Lei sorride e annuisce. "Ehi Silvia." Mia mamma. "Oh hey, come è andata a lavoro?" Chiede Silvia. "E' andata bene, più o meno come tutti i giorni ."Dice mia madre. "Bene." Dice Silvia avvolgendomi un po 'le braccia attorno. "E voi due scendete le scale e lasciami cucinare?"Mia mamma chiede sorridendo. "Ok." Sorrido. Silvia mi colpisce scherzosamente.

"Hai bisogno di aiuto?" Chiede Silvia. "Sto chiamando tua madre, per vedere se vuole venire anche lei a cena." Dice mia madre rivolgendosi a Silvia. "Ok, buona idea." Silvia dice di alzarmi e tirarmi su. Scendiamo le scale. Chiudo la porta dietro di noi e una volta scesi di sotto Silvia si gira e mi avvolge le braccia attorno al collo. La guardo e le metto le mani sui fianchi. Lei si mordicchia un po 'il labbro. Mi chino un po 'e bacia dolcemente Silvia. Silvia mi bacia dolcemente e lentamente. Lentamente rompe il bacio e mi tira verso il letto. Ho lasciato che mi tirasse e ci sdraiamo entrambi sul letto. Mi sorride guardandomi. Le ho messo una mano sulla pancia facendola scivolare sotto la camicia. Lei sorride prima di sporgersi e togliersi la camicia. Noto con piacere che non indossa il reggiseno. il mio braccio scivola sotto le sue spalle e sfioro delicatamente la punta dei suoi capezzoli. Si morde un po 'il labbro mentre alzo la mano, stimolando leggermente il suo capezzolo. Muove leggermente le gambe contro le mie mentre il suo capezzolo si indurisce. Inizio a fare lo stesso con l'altro capezzolo. Mi sposto verso il basso baciandole delicatamente il seno, dolcemente. Alzo lo sguardo la guardo dritta negli occhi. Lei è piena di piacere mentre lecco delicatamente il suo capezzolo con la lingua. ansima dolcemente mentre mi sfrega un po 'la parte posteriore della testa. La Bacio dolcemente sul seno mentre le mie mani le accarezzano delicatamente i fianchi. Poi inizio a baciarla sul collo

"Silvia". Dico a bassa vice mentre mi alzo un po '. "Si?" Chiede piano mentre apre gli occhi e mi guarda. "Ti amo." Dico dolcemente guardandola negli occhi.
"Ti amo anch'io." Dice Silvia prima che mi chino dolcemente per baciarla. Mi bacia dolcemente e lentamente. Silvia apre la bocca vuole la mia lingua nella sua booca, lecco delicatamente la sua lingua entrando sempre di piu all'interno della sua bocca. Si avvinghia intorno a me prima di avvolgere anche le gambe. Abbasso la mano massaggiandole voracemente la gamba. Dopo un pò interrompiamo quel bacio e Silvia mi guarda. Mi sdraio accanto a lei. Si allunga spingendo giù la gonna e togliendola. Sorrido e allungo le mani massaggiandole le cosce.
Chiude gli occhi e si morde il labbro. Metto delicatamente la mano sopra il suo perizoma umido.

"Non dovresti continuare a indossarle quando sono bagnate." Dico delicatamente passando delicatamente le dita su e giù contro il tessuto umido. Silvia geme piano. "Allora toglimele." risponde. La guardo negli occhi un po 'prima di spostarmi lentamente tra le sue gambe.

La accarezzo delicatamente sulle cosce, massaggiandole le cosce. Si morde un labbro muovendo a ritmo le gambe. Strofino con desiderio la mia mano sul cavallo del suo perizoma, facendo sfuggire un piccolo gemito alle labbra di Silvia. Con il police mi aggancio al perizoma e lentamente inizio a tirarlo giù. Mi osserva mentre lo faccio scivolare lentamente il tessuto lungo le cosce e le gambe prima di toglierlo. Lo lancio da parte prima di guardare il corpo incredibilmente sexy di Silvia. "Sei così bella." esclamo, mentre sfrego le dita sulla pelle accanto alle labbra della sua figa. Lei geme rapita dal piacere, sento che sta godendo. Silvia apre le gambe sempre di più mentre abbasso le dita sfregandole delicatamente contro le labbra della fica. Silvia mi osserva mentre faccio entrare un dito dentro di lei. Geme mentre muove i fianchi contro la mia mano. Comincio prendendomi tutto il tempo, facendo scorrere il dito dentro e fuori dalla sua figa estremamente stretta e bagnata. Silvia geme di nuovo mentre mi chino dolcemente e le bacio la pancia.

Continuo lentamente facendo scorrere il dito dentro e fuori dalla sua figa andando lentamente e sempre più a fondo. Stavo attento a non sverginarla mentre la toccavo lentamente. Muove delicatamente i fianchi contro la mia mano mentre chiude gli occhi e geme di nuovo. Mi sdraio tra le sue gambe baciandole dolcemente le cosce e lasciando il dito ben in profondità. Continua a muovere lentamente i fianchi, il mio dito scivola lentamente dentro e fuori. Continuo a baciarla dolcemente sulle cosce, sollevandomi un po 'su. Curvo il dito dentro di lei lasciando che la punta del mio dito sfregasse contro le pareti interne della sua fica.

Silvia geme più rumorosamente e ansima estasiata mentre comincio a baciarle il clitoride gonfio.

si muove fremendo mentre inizia piano piano a eiaculare i suoi liquidi mi scorrono sulle dita e sul lenzuolo.

"Ti amo." Dice dolcemente Silvia mentre mi guarda. "Ti amo anch'io." Dico facendo scivolare delicatamente la lingua contro il suo clitoride. Geme sollevando leggermente i fianchi. "Voglio stare con te, per sempre." Dico piano mentre faccio scivolare la lingua contro il suo clitoride aumentando la pressione.

"Anche io." Dice piano prima di gemere un po '. La guardo un po 'prima di alzare la mano libera allargando le labbra della sua fica lasciando che la mia lingua scivolasse contro il suo clitoride. Silvia geme di nuovo sollevando i fianchi mentre inizio facendo scorrere il dito dentro e fuori dalla sua fica. La schiena di Silvia si inarca mentre chiude gli occhi. Continuo a far scivolare la lingua contro il suo clitoride mentre faccio scorrere il dito dentro e fuori. "Mike ...." dice piano Silvia. "Si?" Le chiedo, iniziando a succhiarle il clitoride. Lei geme più forte di prima mentre la sua schiena si inarca più in alto.

Silvia geme respirando affannosamente. Sorrido un po 'appiattendo la lingua facendola scorrere avanti e indietro sul suo clitoride. Silvia geme mentre allunga la mano afferrandomi per la testa per tenermi al mio posto. Continuo a far scivolare la lingua contro il suo clitoride esercitando una maggiore pressione su di esso. Silvia emette un lungo gemito mentre inizia a raggiungere l'orgasmo. La sua figa si stringe attorno al mio dito mentre altri umori mi scorrono copiosi lungo il dito. Sposto la lingua dal suo clitoride e alzo la mano. Accarezzo delicatamente il clitoride di Silvia con il dito medio. Geme di nuovo mentre il suo orgasmo inizia lentamente a calmarsi. Allontano il dito dal clitoride e lentamente tiro fuori quello che avevo infilato nella sua fica. Giace lì ancora gemendo piano mentre cerca di riprendere fiato.

Mi alzo e mi sdraio accanto a lei mentre si gira sdraiata su un fianco di fronte a me. La stringo tra le mie braccia. Si accuccia su di me mentre finalmente riprende fiato.

"Dio ... mi è piaciuto un sacco." Dice chiudendo gli occhi. Sorrido un po 'massaggiandole la schiena. "E a me piace farlo." Dico sfregandole un po 'il lato nudo. "E tu?" Mi chiede allungando la mano stringendo delicatamente il rigonfiamento nei miei jeans. "Anche a me piace." Dico dolcemente.

Inizia a slacciarmi i pantaloni. Mi sdraio sulla schiena mentre si siede, sbottona e apre la cerniera dei pantaloni spingendomi verso il basso. Sollevo i fianchi aiutandola mentre li toglie. Mi guarda e poi mi abbassa i boxer. Lei sorride mentre ci passa sopra una mano stuzzicandomi un po '. Il mio cazzo si contrae subito e lei sorride. Sposta la mano verso il basso, si tocca la figa bagnata, la copre per bene con i suoi liquidi prima di avvolgere la mia mano attorno al mio cazzo iniziando a carezzarlo. Mi appoggio un po 'a guardare Silvia mentre mi massaggia il cazzo, tenendolo ben stretto tra le dita. "Mi fai impazzire." Dico sfregandole il braccio. Silvia sorride facendo scorrere lentamente la mano su e giù lungo il grosso cazzo. "Michael ..." dice piano. "Si?" Chiedo chiudendo leggermente gli occhi. "Quanto ce lo hai grande?" Chiede guardandomi. Apro gli occhi e guardo quelli di lei . "L'ultima volta che l'ho misurato, 19." Dico. Mi guarda un po 'prima di guardare il mio cazzo mentre lo accarezza lentamente. Silvia stringe il mio cazzo continuando ad accarezzarlo. Mi stavo avvicinando al culmine, ero già eccitato dalle attività che avevamo già fatto e la sua mano morbida mi stava portando al limite abbastanza velocemente. Gemo con voce bassa, Silvia sorride un po 'sentendo il mio cazzo pulsare nella sua mano. "Silvia .... ci sono vicino." Devo confessare. Silvia non distoglie lo sguardo dal mio cazzo mentre lo accarezza. Silvia continua ad accarezzare il mio cazzo mentre chiudo gli occhi. Continua ad accarezzarlo mentre comincio a venire . Lei guarda con attenzione la sborra uscire a fiotti dal mio cazzo. Silvia si morde il labbro guardando mentre mi sdraio lì cercando di riprendere fiato. Si allunga per afferrare alcuni fazzoletti dal comodino e inizia a pulirlo delicatamente. Apro gli occhi e la guardo. Lei lancia i fazzoletti nel cestino e si muove sopra di me. Le avvolgo le braccia tenendola delicatamente. "Ti amo." Dico piano toccandole la spina dorsale. Appoggia la testa sul mio petto chiudendo gli occhi. "Ti amo anch'io." Dice piano. Mi alzo baciando la fronte di Silvia. Rimaniamo lì per qualche istante l'uno nelle braccia dell'altro , sentendo i nostri corpi nudi insieme per la prima volta.

Sapevo che dovevamo fare una doccia e prepararci per la cena. Mia mamma probabilmente ci avrebbe chiamati a breve. Alzo la mano sfregando le spalle di Silvia. "Ehi piccola, dovremmo fare la doccia." Dico dolcemente. Mi sorride guardandomi. "ok" Dice lentamente alzandosi. Mi alzo con lei e camminiamo verso il mio bagno. Silvia sorride e apre l'acqua. Cammino dietro di lei mettendole le braccia attorno. Lei sorride appoggiando la testa sulla mia spalla. Alzo le mani sfregando i lati di Silvia. "Cosa c'è tra noi?" Chiede dolcemente.

Le bacio la spalla. "Beh ... voglio che stiamo insieme ... una coppia." Dico dolcemente. Gira la testa guardandomi un po '. "Voglio dire, se a te va, naturalmente." Dico guardandola indietro. Lei sorride e si gira sporgendosi e baciandomi dolcemente. La bacio mentre mi stringe tra le braccia e ci spostiamo entrambi nella doccia. Rompiamo il bacio e restiamo sott'acqua tra le braccia. Allungo la mano per afferrare il sapone e mi tiro indietro iniziando a strofinare delicatamente il sapone sul corpo splendido di Silvia. Ridacchia.

"Allargale ." Dico guardandola. Lei sorride e allarga le gambe. Allunga le braccia e inizio a insaponarla con attenzione. Lei Silvia ridacchia mentre spalma delicatamente il sapone sul suo corpo. Potrei aver impiegato un po 'più di quanto avrei dovuto sul suo seno, ma dovevano essere lavati bene. O forse mi piace solo toccarli? Sorrido insaponandole le braccia e scendendo, spalmando il sapone sullo stomaco, scendendo sulle sue cosce. Faccio scivolare la mia mano insaponata contro la sua figa lasciando che la punta del dito si muova delicatamente contro il suo clitoride. Silvia geme dolcemente guardandomi. "Dai, non possiamo adesso..." Lei dice. Sorrido un po 'e finisco di insaponare le gambe prima che si giri e insapono il resto del suo corpo. Silvia sorride mentre mi insapona e poi ci immergiamo entrambi nell'acqua per far sciacquare il sapone. Finiamo la doccia e chiudiamo l'acqua prima di uscire. Prendo un paio di asciugamani e inizio ad asciugarla delicatamente. Mi sorride lasciandomi.

La asciugo e la avvolgo con un asciugamano. La seguo, con l'asciugamano stretto intorno alla vita. "Ho fame." Dice Silvia mentre prende la sua borsa e inizia a tirar fuori dei vestiti. "Sì, anche io." Dico afferrando un paio di boxer e lasciando cadere l'asciugamano prima di indossarli. Ci vestiamo entrambi. Silvia indossava una gonna nera che terminava appena sopra le sue ginocchia e una maglietta nera con sopra illogo della nostra scuola. Mi vesto con un paio di jeans neri e una maglietta nera. Mi metto le scarpe e lei si infila i sandali. Mi avvicino e lei mi guarda e sorride un po '. "Ti amo." Dico avvolgendole le braccia attorno. Lei sorride. "Ti amo anch'io." Dice mettendomi le braccia al collo. La porta del seminterrato si apre e sento la voce della mamma di Silvia. Ci ha detto di venire a cena. Silvia sorride un po 'prima di sporgersi e mi bacia dolcemente. La bacio dolcemente sulla schiena e le strofino la guancia. "Dai." Silvia sorride lentamente rompendo il bacio.

Ci sediamo a tavola. Mia madre si siede su un'estremità del tavolo e la mamma di Silvia si siede sull'altra. Cammino portando la sedia per lei. La cena si svolge abbastanza bene e la mamma di Silvia le chiede se stanotte starà con me. Silvia ovviamente dice di si. Finiamo di mangiare e andiamo in salotto. parliamo per un po 'e mia madre si avvicina alla mamma di Silvia per guardare un film. Le guardiamo andarsene e scendiamo le scale. Una volta di sotto, Silvia si avvicina al letto e si toglie lentamente i vestiti. Cammino lentamente verso di lei. Mi guarda negli occhi mentre è lì nuda davanti a me. "Sei così bella." Dico piano mentre le mie labbra baciano dolcemente il suo seno.

Si morde il labbro mentre continuo a baciarla sul petto, allunga una mano e mi tira sopra la camicia. La prendo delicatamente tra le mie braccia e la sdraio sul letto. Mi chino dolcemente baciandole il petto e il collo mentre inizia a slacciare e sbottonarmi i pantaloni. Una volta sciolti i pantaloni, Silvia li spinge lentamente verso il basso. Mi alzo un po 'aiutandola mentre li togliiamo. Silvia guarda il mio corpo nudo, il mio cazzo ora è duro.

"Non so se mi entrerà." Dice piano Silvia mentre esamina attentamente il mio cazzo. "Farò attenzione." Dico dolcemente strofinandole la coscia. Accarezza lentamente il mio cazzo senza distogliere gli occhi da esso .. La guardo e si morde un po 'il labbro. Mi muovo leggermente verso l'alto premendo delicatamente il mio cazzo contro la sua fica vergine. Geme piano mentre la testa del mio cazzo preme dentro di lei. Dio, era così stretta e bagnata. Con solo il glande dentro la guardo. Lei mi guarda negli occhi, mentre il mio cazzo entra sempre più in prodondità. Silvia geme dolcemente sentendo la propria figa dilatarsi. Silvia chiude gli occhi respirando affannosamente mentre la punta del mio cazzo preme contro il suo imene. apre gli occhi guardandomi. Si morde il labbro. "Te lo chiedo un'ultima volta, sei sicura di volerlo fare?" Chiedo dolcemente.

"Sì sono sicura." Dice Silvia guardandomi negli occhi. " Farà male." Dico dolcemente. Silvia annuisce. Faccio scivolare lentamente il cazzo fuori un po 'mentre mi preparo a prendere la verginità di Silvia. Afferra un po 'la testiera sopra di lei preparandosi per la mia spinta. Mi chino baciando dolcemente Silvia , mi avvolge le braccia e mi bacia forte e lentamente. Ho spinto rapidamente rompendo il suo imene e prendendo la sua verginità. Silvia ansima forte afferrandomi forte, le sue unghie che mi affondano nella schiena. Rimango ancora dentro di lei lasciando che il dolore scompaia. Le lacrime scorrono lentamente lungo la guancia di Silvia. Mi alzo delicatamente asciugando le lacrime. Silvia apre gli occhi e mi guarda. "Ti amo." Dice piano. "Ti amo anch'io." Dico dolcemente chinandomi e baciandola.

Mi bacia dolcemente e lentamente. Iniziamo a baciarci con più passione come amanti perduti separati da tempo. Comincio a muovere lentamente i fianchi spingendo il mio cazzo dentro e fuori dalla sua fica stretta. Silvia geme piano iniziando a muovere i fianchi con i miei. Interrompe il bacio e mi fa sentire il suo respiro affannato. Mi stringe le gambe attorno alla vita continuando a muovere i fianchi contro i miei. "Oh dio Michael." Mi dice dolcemente nell'orecchio. Bacio delicatamente la sua spalla spingendo il mio cazzo dentro e fuori dalla sua figa lentamente eprofondamente. Silvia ansima gemendo leggermente, inarcandola un po '. Silvia si allunga sotto le mie braccia afferrandomi per le spalle, appoggiando la testa indietro gemendo di più.

Sento che sto per venire, tiro fuori il cazzo e inizio a sborrarle addosso, mentre vengo lei lo prende in mano e inizia a masturbarbi, appena finisco di venire senza neanche pulirsi si alza e inizia a leccare i residui di sperma sul mio cazzo.

"Sei bravissima." Dico mentre fa scivolare lentamente tutto il mio cazzo nella sua bocca. Silvia continua a fare su e giù sul mio cazzo. Chiudo un po 'gli occhi apprezzo la sensazione di calore della sua bocca. Allungo una mano accarezzandogli la testa mentre si toglie lentamente il cazzo dalla bocca, inizio a scoparla nella bocca mentre le metto due dita nella figa e una nel culo, inizia a gemere. "Sto per venire di nuovo." Dico dolcemente non sapendo se Silvia potressee sentirmi a causa dei suoi stessi gemiti. Ha iniziato succhiare fortissimo il mio cazzo. "Oh Dio." Dico piano quando inizio a venire . Silvia se lo fa entrare nella bocca fino ad arrivare alla gola, sto venendo, la sua bocca si riempie di sperma. La guardo mentre ingoia tutto.

Mi sdraio accanto a lei e ho chiudo gli occhi cercando di riprendere fiato. Silvia sorride mentre apro gli occhi. Si asciuga le labbra e va in bagno per lavarsi. Dopo un po 'torna e si distende accanto a me con la testa sul mio petto. "Ti amo Silvia." Dico dolcemente. "Ti amo anch'io Michael." Lei sorride mentre chiude gli occhi. Mi chino e le bacio sulla fronte prima di reclinare il capo.

Una cena galante

Quell'anno ero fidanzata con un ragazzo che amava fare delle cose un po' particolari. All'inizio mi sembrava una follia, ma gradualmente mi aveva portato dentro il suo mondo. A lui piaceva dominare e io scoprii più avanti che mi piaceva essere dominata. All'inizio ci avvicinammo a questo "stile" molto gradualmente, ogni tanto mi afferrava il collo facendo una leggere pressione, oppure mi ordinava cosa fare senza che io potessi rifiutarmi e proprio in quelle occasioni capii che mi piaceva moltissimo. Nel corso del tempo sperimentammo altre cose, come qualche schiaffo sul sedere, una pressione maggiore sulla gola o una forzatura del rapporto anche quando facevo esplicitamente notare che non ero consenziente. E ogni volta mi accorgevo che mi piaceva sempre di più. Sebbene non avessimo mai raggiunto il livello di certe pratiche sessuali estreme, per me lo erano eccome e soprattutto mi facevano provare emozioni forti e un piacere difficilmente descrivibile. Il massimo del travolgimento sessuale lo ebbi in una giornata di autunno. Andai a casa sua per cenare con lui ma non sapevo che la serata avrebbe preso una piega diversa. Infatti quando volevamo fare del sesso un po' particolare eravamo soliti concordarlo prima in modo da poterci preparare anche psicologicamente. Entrando nella sua villetta a schiera mi invitò a salire al piano di sopra verso la camera da letto nonostante gli dissi che, avendo saltato il pranzo per lavoro, ero affamata. Quando entrammo capii immediatamente dai suoi occhi che aveva in mente qualcosa. Mi scrutava con quel suo sguardo glaciale dall'alto della sua troneggiante statura. Indossava una camicia di jeans e un paio di pantaloni neri molto aderenti. Io ero vestita con un abito da sera nero in quanto mi aspettavo qualcosa di simile a una cenetta romantica. Quella mattina mi ero masturbata nel letto prima di alzarmi e complice la fame, non avevo molta voglia di giocare come probabilmente lui desiderava. Ma dal suo sguardo capii che non c'era niente da fare, anche se non avessi voluto, lui mi avrebbe obbligata. Si avvicinò con la tipica risolutezza che da sempre lo contraddistingueva, mi afferrò le spalle con forza e mi baciò con la lingua.

Mi morse diverse volte le labbra con vigore, probabilmente una persona normale avrebbe provato un misto tra dolore e piacere, mai io, essendo abituata, provai solo piacere. Sentii le sue mani stringermi le spalle sempre più forte e premere sulle ossa. Mi sentivo in balia della sua superiorità muscolare. Si staccò dalle mie labbra con mio dispiacere e mi fissò intensamente negli occhi per un minuto. Mi sentivo piccola e indifesa, come le altre volte ero in suo potere. Io mi fidavo ciecamente di lui, non ci conoscevamo da molto ma avevo capito che il suo stile era rude, selvaggio, primordiale ma innocuo. La mia mente era già entrata in modalità schiava, avrei fatto tutto quello che mi avrebbe comandato, sarei stata obbediente e avrei goduto qualora lui me lo avesse comandato. Lasciò la presa sulle spalle e mi ordinò di togliermi l'abito lentamente. Mi allontanai di un paio di passi e lo sfilai lasciandolo cadere sul pavimento. Indossavo solo un perizoma e un reggiseno neri accompagnati da scarpe aperte con tacco. Mi aveva visto semi nuda un sacco di volte ma riusciva sempre a mettermi in soggezione. Mi osservava imperturbabile, nei suoi occhi non leggevo né giudizi negativi né giudizi positivi. Questo suo modo di fare mi confondeva perché non capivo se gli piacessi o se si aspettasse qualcosa di più da me. Se ne stava lì, in silenzio, con quegli occhi azzurri che penetravano le tenebre della sera, la mia carne e la mia mente. Nella mia testa continuavo a chiedermi se avrei dovuto fare qualcosa, parlargli o spostarmi, il suo silenzio era inquietante, spiazzante ed eccitante allo stesso tempo. Dopo un altro lungo minuto di silenzio e di sguardi fulminanti mi disse di sfilarmi il reggiseno. Il suo tono era sempre calmo e non lasciava trasparire nessun segno di eccitazione. Ad ogni modo io ubbidii e mi sfilai lentamente il reggiseno facendo cadere anch'esso sul pavimento. Seguirono altri minuti di silenzio dove, stranamente, lui non osservava i miei capezzoli turgidi o le mutandine troppo tirate, mi fissava intensamente negli occhi. Ogni tanto distoglieva lo sguardo ma non come farebbe un ragazzino eccitato. Il suo sguardo si posava su ogni parte del mio corpo, dalle ginocchia al pube. Ogni pezzo di me era scrutato indiscriminatamente come se ogni parte fosse ugualmente importante.

E nel suo sguardo ancora una volta non leggevo alcuna emozione, sembrava quasi un'automa. Improvvisante fece un passo verso di me senza perdere il contatto visivo. I suoi occhi brillavano nell'ombra e mi facevano sentire in imbarazzo, nonostante ormai fossimo in confidenza. Mi prese nuovamente le spalle e mi spinse brutalmente sul letto. Io atterrai sul morbido perdendo una delle due scarpe. Nei suoi occhi non leggevo né cattiveria né malvagità, era sempre lui, il che mi rassicurò. Senza che me ne accorgessi si chinò a raccogliere la scarpa e improvvisamente mi morsicò il piede, addentando sia la pianta sia il dorso, come per punirlo per aver abbandonato la scarpa. Mi piacque moltissimo, per un secondo sussultai dal piacere, mi sembrò di aver ricevuto una scarica simile a quelle che si provano durante un orgasmo. Sperai che lo rifacesse, ma non fu così e io non dovevo chiedere. Quello che meritavo sarebbe arrivato. Mi infilò la scarpa con delicatezza e si rialzò come un leone che si allontana momentaneamente dalla sua preda. Nonostante ci fossero stati pochissimi contatti mi sentivo completamente bagnata, avrei tanto voluto essere penetrata ma il pensiero svanì velocemente quando aprì bocca e mi disse di sfilarmi le mutandine tenendo indosso le scarpe. Mi misi a pancia in su, unii le gambe e mi sfilai il perizoma lentamente come ero certa che gli sarebbe piaciuto. Senza dire niente mi afferrò le caviglie con forza e mi aiutò a sfilarmi il perizoma. Improvvisamente iniziai a chiedermi se la mia fica gli piacesse, se fosse abbastanza bagnata, se fosse abbastanza stretta e se gli piacesse il mio odore. Nella mia mente c'era una nube di interrogativi e di paure che non avevo mai provato. Poi, con le mie caviglie ancora in mano, mi diede una spintarella per farmi voltare di lato e mi ordinò di mettermi a quattro zampe. Mi girai con i tacchi ancora in dosso e feci quello che desiderava. Sentii una gocciolina fuoriuscire dalla vagina e scendere verso il clitoride fino a raggiungere i peli del pube parzialmente rasati. Adesso non lo vedevo più in faccia ma sapevo che mi stava osservando. Mi osservava mentre mi trovavo in quella posizione animalesca, con la vagina bagnata, il grosso seno nudo penzolante e il sedere allo scoperto. Passarono altri interminabili minuti, il fatto di essere osservata e di non sapere minimamente cosa stesse pensando e cosa avrebbe fatto mi eccitava ancora di più.

Dentro la mia vagina sentivo uno tsunami gridare per uscire. Volevo urlare per dirgli di toccarmi, volevo gridare di scoparmi, volevo allungare la mia mano e masturbarmi fino a venire, ma se lui non me lo avesse comandato io non l'avrei fatto. Ero immobile, come paralizzata. Come una preda consapevole che sarà sbranata dal predatore, che sa di non poter fare nulla se non aspettare che il proprio destino si compia. Dopo qualche secondo lo sentii muoversi per passare dall'altra parte del letto. Stava in piedi davanti a me, con il suo pacco proprio all'altezza del mio viso. Stava in silenzio, immobile e io senza sapere il perché gli slacciai la cintura, gli abbassai i pantaloni e poi le mutande. Il suo pene duro saltò fuori come una sorpresa. Lo presi in bocca e cominciai a leccarglielo come se non avessi desiderato altro nella vita. Non sapevo se stessi facendo la cosa giusta, non sapevo se fosse quello che intendeva e non sapevo se lo stessi facendo bene, ma non era importante. Se avessi sbagliato qualcosa lui mi avrebbe rimproverato, mi avrebbe sculacciato o mi avrebbe ordinato di smettere. Gli leccai tutto il pene con grande passione, stringendone la base con la mano. Ogni secondo che passava diventava sempre più grande nella mia bocca. Poi mi prese i capelli come per formare una coda di cavallo e mi ficcò il pene giù fino quasi in gola. Per un secondo mi sembrò di soffocare ma poi capii che non c'era pericolo. Usando la sua forza mi stava scopando la bocca con il cazzo mentre io, con una mano, gli stringevo i testicoli. Dopo alcuni movimenti mi tirò i capelli indietro sfilando il pene dalla mia bocca, adesso ero ancora più eccitata. Ormai ero pronta a tutto, qualunque parte del mio corpo avrebbe voluto usare io l'avrei concessa. Poi mi disse di rimanere immobile finché non sarebbe tornato. Obbedii. Passarono diversi minuti senza che sentissi alcun rumore provenire dalle altre stanze, per quanto ne sapevo poteva essersene andato e avermi lasciato lì con i morsi della fame e del sesso. A questo punto iniziai a immaginare che ero pronta a tutto. Immaginai lui tornare con un suo amico che mi avrebbe visto a gattoni con la fica bagnata, i tacchi a spillo e il viso stravolto dall'eccitazione. Per me andava bene. Quello che lui avrebbe voluto fare io l'avrei fatto. Dopo svariati minuti di attesa lo sentii arrivare dietro di me. Mi disse di stendermi a pancia in su con le mani lungo i fianchi. Lo feci.

Girandomi vidi il suo sguardo impassibile fissarmi negli occhi e poi dirigersi verso quello che aveva in mano: una corda. Mi afferrò i polsi e li legò insieme. Mi prese con forza dai piedi e li morsicò più forte di prima. Non ne fui certa ma mi sembrò di aver avuto un orgasmo fulminante. Legò le caviglie molto strette, quasi al limite del dolore. Adesso ero completamente impotente, non potevo fare nulla, anche se avessi voluto smettere non avrei potuto. Per qualche secondo mi fissò ma questa volta lessi nei suoi occhi un leggero senso di appagamento. Gli piacevo così immobilizzata, era quello che volevo: piacergli. Lo vidi sfilarsi i pantaloni, le mutande, la camicia e le scarpe. Indossava solamente una collanina argentata che brillava insieme ai suoi occhi. Mi girò con violenza di schiena e sentii il suo pene premere sulla la vagina. Mi prese così con forza e iniziò a sbattermi con violenza. Sentivo i suoi testicoli infrangersi sulle cosce e il pene infilarsi fino nelle parti più profonde di me, per poi uscire quasi completamente. Legata com'ero non potevo toccarlo, non potevo accompagnare il movimento, potevo solamente godere in silenzio. Poi lo fece. Mi diede il permesso di aprire bocca. Iniziai a gemere di piacere, a urlare di sbattermi più forte, di non fermarsi mai più. Le mie suonavano più che altro come speranze perché non avevo alcun controllo su quel rapporto sessuale. Lui avrebbe potuto decidere la sua fine in qualunque momento, così come avrebbe potuto tenermi tutta la notte legata e costretta ad essere scopata. Più mi sbatteva più mi eccitavo e più mi bagnavo. Ad un certo punto prese a fare un movimento più ampio facendo fuoriuscire completamente la cappella per poi rientrare con forza dentro di me. Urlai più volte di continuare così e lui, casualmente, lo fece. In quel momento ebbi l'orgasmo più intenso che avessi mai provato, mi sembrava di aver preso la scossa e che le scintille raggiungessero ogni parte del mio corpo. Strinsi le dita dei piedi e contrassi i glutei per amplificare il piacere. Lui non sembrava nemmeno essersene accorto, continuava a scoparmi noncurante di quello che provavo, la cosa amplificò ancora di più il mio piacere rendendolo travolgente.

Concluso anche il più piccolo spasmo continuai a godere. Mi trovavo lì, con le gambe e i piedi legati, con un uomo che per tutta la sera aveva fatto di me ciò che aveva voluto e che mi stava ancora scopando come se fossi un oggetto.

Mi piacevano le sensazioni che provavo. Così legata, così posseduta e così schiavizzata, tutto sembrava più semplice. Non avrei dovuto preoccuparmi di niente, avrei dovuto solo accettare di buon grado tutto quello che sarebbe arrivato. Ero senza responsabilità, senza pensieri complicati che andavano oltre quello che succedeva in quella stanza. Io dovevo solo stare ferma a godere o al limite a obbedire a quello che mi sarebbe stato ordinato. Nella mia schiavitù ero libera. La mia mente vagava come in un limbo di piacere senza che comprendessi esattamente quello che avveniva all'esterno. Sentii solo il ritmo aumentare, una serie di schiaffi molto forti sul sedere, le sue grandi mani stringermi per la gola al limite del piacere e poi nessun movimento fin quando sentii qualcosa bagnarmi dentro. Lentamente mi lasciò il collo, sfilò il pene dalla mia vagina e sentii lo sperma gocciolare sulla schiena. Mi prese in braccio e mi riposizionò sul letto. Saremmo andati a letto senza cena. A me stava bene, non sentivo più la fame, era rimasto solo un senso di libertà nonostante avrei dormito legata come un animale.

Il soldato

Travis, un uomo di 32 anni, viveva in una vecchia capanna di tronchi a poche centinaia di metri dal punto in cui il torrente scorreva nel grande fiume. Suo padre aveva comprato due acri per quasi nulla e aveva costruito il posto un tronco alla volta alla fine degli anni Cinquanta, lo avevano usato come una casa per le vacanze. Quando era piccolo Travis non vedeva l'ora di andare lì con suo padre e il fratello maggiore Eddie per pescare nel fiume e, nella stagione giusta cacciare cervi e conigli. La cabina era piuttosto grezza sin dall'inizio, a pochi chilometri dalla cittadina fino al torrente, quindi non ci fu elettricità fino alla metà degli anni sessanta. Mentre la città si espandeva lentamente in direzione del grande fiume, suo padre, che era un supervisore della compagnia elettrica, riuscì a far funzionare una linea elettrica fino a quella casa. Non c'era ancora riscaldamento o aria condizionata, ma almeno aveva energia per luci, ventilatori, un frigorifero e una stufa. Eddie fu arruolato e fu presto mandato in missione, Travis lo seguì quindici mesi dopo. Eddie fu ucciso in combattimento quando Travis era sul campo. Anche Travis andò in guerra e nove mesi dopo fu rimandato a casa con la gamba sinistra piena di schegge. Ci vollero sei mesi prima di riprendersi totalmente. Quando arrivò a casa, scoprì che la sua ragazza si era trasferita con un altro ragazzo. Poi si ammalò come un cane e divenne delirante di febbre alta. Andò dal dottore che lo mise immediatamente in ospedale; aveva la malaria. Nel semestre successivo suo padre morì di infarto e poi sua madre morì poco dopo. Non si era ammalata; Travis pensò che fosse morta anche lei di infarto. Travis era il loro unico erede. Assunse un avvocato per sistemare tutto, sbarazzarsi di tutti i beni personali e vendere la casa. Quindi raccolse tutte le sue cose nel suo pick-up, portò la barca e il rimorchio sul retro e si diresse verso la casa. Quella casa era tutto per lui, era cresciuto lì, ma fu costretto a rinunciare. La vendita della proprietà, la vendita della casa e la ricezione dell'assicurazione sulla vita, ammontava a poco più di $ 35.000. Decise quindi di non vendere. Non si fidava più del suo governo e non si fidava di nessuna banca.

L'avvocato pensò che fosse una richiesta particolare, ma non fece leva e prese i soldi che gli aspettavano. Travis guidò fino alla piccola città sul torrente dove aveva una casella postale e prese il suo assegno mensile di disabilità. Lo incassò in banca e si diresse verso la sua casa. Aprì una pedana sotto il tappeto in camera da letto e mise da parte i soldi nella scatola d'acciaio che aveva nascosto lì.

Per molti mesi, Travis non fece altro che andare a pescare la mattina e lavorare intorno alla cabina per il resto della giornata, sistemandola. Lui e il suo pick-up divennero un simbolo in città, il "solitario" lo chiamavano, andava e veniva, acquistando attrezzi e materiali, ordinando forniture, pagando sempre contanti. Costruì un portico lungo la casa. Sostituì il vecchio tetto e installò grondaie tutt'intorno. Si è costruito una scrivania.

Perché di notte Travis provava a scrivere. Era sempre stato uno scrittore, aveva inviato molti racconti alle riviste e ne aveva pubblicati due, guadagnando venticinque dollari per ciascuno. Ma ora stava cercando di scrivere qualcosa di grosso, qualcosa di speciale. A proposito della guerra e della merda che aveva visto e del dolore che aveva sopportato, del fratello che aveva perso e della sua rabbia e dell'odio che provava per gli stronzi che lo avevano mandato lì e come tutti ora lo guardavano come se fosse una specie di mostro da quando era tornato a casa. Ma la sua ispirazione non andava molto bene. Strappò un foglio dopo l'altro gettò tutto nella spazzatura. Travis pescava quasi ogni giorno e scopriva che non era solo bravo a farlo, ma che poteva anche guadagnarci. Aveva immagazzinato tutto nel suo frigorifero e nel congelatore e poi aveva venduto il resto al mercato in città. Principalmente trota e pesce gatto. Con il suo assegno mensile e il denaro proveniente dalla pesca, guadagnava abbastanza per sopravvivere e ogni mese metteva più denaro nella sua scatola d'acciaio.

Un pomeriggio dopo una giornata molto prodigiosa sul fiume, Travis stava pulendo i pesci sul suo molo quando notò una barca che si faceva strada dalla città dirigendosi verso il fiume.

C'era una ragazza di bell'aspetto seduta con la mano sul timone di un vecchio, piccolo motore fuoribordo che sembrava che stesse per rompersi in qualsiasi momento.

"Salve!" Disse la ragazza, mentre la barca si avvicinava al molo. Rallentò e si avvicinò.

"Ciao. Come va oggi?" Chiese Travis.

"Bene! Faccio un giro in barca", rispose la ragazza.

"Dove stai andando? Questa è la fine del torrente. È meglio che torni indietro!"

"Perché?"

"Quel piccolo motore non ti aiuterà molto, la corrente è troppo forte. Inoltre, dov'è il tuo giubbotto di salvataggio?"

"Non voglio proseguire nel fiume", Disse la ragazza. "Voglio solo fare un giro."

"Bene", disse Travis. "Perché non leghi la barca e fai una pausa?"

Lei fissò la barca e salì sul molo. Travis notò che la ragazza era in realtà una donna molto attraente. Sembrava avere circa venticinque anni, era magra e scalza e indossava dei jeans blu e una maglietta bianca. I suoi seni erano piccoli e senza reggiseno, i capezzoli leggermente eccitati nella sua camicia umida. I suoi capelli erano di un nero crespo, ma le braccia e le gambe toniche erano e lisce.

"Cosa stai facendo?" Chiese la ragazza.

"Pulisco il pesce. Ogni giorno vengo qui a pescare?"

Parlarono di pesca, la ragazza aveva imparato a pescare da suo padre.

Parlarono mentre Travis tagliava e puliva. La ragazza viveva dall'altra parte del torrente un paio di miglia più vicino alla città. Suo padre era un camionista ed era sempre fuori casa, sua madre allevava polli, curava il giardino e le case in città. La ragazza si chiamava Jolene, aveva 26 anni. Travis fece fatica a distogliere lo sguardo dal suo corpo snello, dal suo bel sedere e dalla sua pelle scura e satinata. Ma cercò di controllarsi e si fece scivolare questi pensieri nella mente.

"Quanti di voi vivono nella tua casa?" Chiese Travis.

"Sette" disse Jolene. "Anche nostra nonna vive con noi."

Travis tagliò diversi pezzi di pesce, li avvolse nella carta e li diede a Jolene.

"Ecco", disse Travis. "Portali a casa con te, friggilo, e sarà una bellissima cena per la tua famiglia."

"Oh, ma non devi disturbarti."

"Non ti preoccupare Jolene. Voglio solo essere un buon vicino, tutto qui."

"Va bene Travis, grazie. E sono sicuro che anche la mia mamma ti ringrazia", disse Jolene.

Travis finì il suo lavoro e iniziò a sistemare gli attrezzi.

"Ora, mi raccomando, non avvicinarti troppo a quel fiume", disse Travis. "È pericoloso, e può trasformarsi in una tragedia."

"Promesso", disse Jolene."

Jolene tornò nella barca. Salutò Trevis e accese il motore.

Travis prese il suo frigorifero, lo mise sul letto del suo camion e andò in città per vendere il suo pesce. Travis era diventato un solitario, ma non era asociale. Nella giusta situazione, poteva essere amichevole e socievole, ma non era naturalmente estroverso. Non più. Al liceo aveva suonato la tromba nella band e giocato nelle squadre di calcio e baseball, era alto, bello e popolare e aveva avuto molti amici. Ma ora aveva perso il contatto con i suoi vecchi amici e le uniche volte in cui suonava la tromba era quando a volte a tarda notte si sedeva sulla sua veranda e improvvisava melodie dolci e tristi. Da qualche parte sul fiume c'era un sassofonista che a volte gli rispondeva con le sue note. La dannata guerra gli aveva tolto tanto. In meno di un anno la sua vita personale era passata dall'essere giovane ed entusiasta del futuro a un incubo infernale. Suo fratello tornò a casa in un sacco, non appena la porta dell'aereo si aprì dopo l'atterraggio nel sud-est asiatico, Travis capì immediatamente di essere all'inferno. Era come entrare in un altoforno; non pensava che da qualche parte sulla Terra fosse così fottutamente caldo. Sei giorni dopo vide un soldato ucciso, il primo dei molti a cui avrebbe assistito nei mesi seguenti. Il sangue, il fegato, gli arti lacerati. Un giorno un mortaio gli fece quasi perdere una gamba, ma fortunatamente riuscirono a curarla.

Lo riportarono a casa qualche settimana dopo in un luogo che riconosceva a malapena, e tutto ciò che vedeva era annebbiato da ciò che aveva visto, da ciò che era accaduto a suo fratello, a se stesso, e dalla sua furia, odio e dolore. Sapeva anche nel suo cuore che la morte dei suoi genitori non era estranea alla guerra. Anche la guerra li aveva uccisi, in via residuale.

Travis era depresso, arrabbiato, incazzato, stanco, ansioso. È qui che è entrata in gioco la sua piccola casa, lo avrebbe protetto, il più lontano possibile da quell'incubo. Pescare, cacciare, sedersi sotto il portico e guardare l'acqua e gli uccelli costieri, suonare la sua tromba. E scrivere, ma la scrittura non stava andando così bene. Sapeva di avere una storia da raccontare e sapeva che scrivere sarebbe stata la sua catarsi, la sua terapia. Sarebbe stato l'unico modo per guarire. C'era un'altra cosa che lo infastidiva molto, e incolpava la guerra anche per quello.

Travis era impotente! Mai stato prima, ma in quel momento lo era. Non riusciva a ricordare con esattezza quando aveva avuto un rapporto sessuale l'ultima volta. Questo problema si presentò qualche tempo dopo aver visto morire il suo primo compagno di plotone davanti ai suoi occhi e qualche tempo prima che gli si fosse quasi saltata una gamba. Da allora aveva provato molte volte a masturbarsi, ma senza successo. Si era arreso. Pochi giorni dopo Travis era seduto sulla sua veranda a bere una spremuta d'arancia. Era il tardo pomeriggio, appena tornato dalla città e si stava riposando prima di preparare la cena. Sentì un suono familiare, era lo stesso del motore fuoribordo che aveva sentito pochi giorni prima quando era venuta Jolene. Man mano che il suono si faceva più forte, vide la stessa barca apparire. Jolene puntò la prua sul molo e Travis scese per salutarlo. Travis assicurò la barca, poi prese la mano di Jolene e la aiutò a salire sul molo. Era la prima volta che si toccavano e la sua mano sembrava piccola dentro la sua. Quando si avvicinò a lui dopo averla sollevata, si rese conto che era più alta di quanto ricordasse. Sembrava molto più donna che bambina, pensò. Aveva un cestino con lei.

"Per te", disse Jolene. "Da mamma e la famiglia. Come ringraziamento per l'ottima cena che abbiamo mangiato. Ci siamo divertiti tutti. È stato delizioso!"

"Sono contento di sentirlo", rispose Travis. "Ma questo non era necessario."

"Voglio solo essere una buona vicina. Giusto?"

"Giusto."

Tolse il panno sul cestino e vide una dozzina di uova, due enormi pomodori rossi maturi, un cetriolo, una zucchina e una zucca gialla.

"Oh, wow! Grazie."

"Tutto dal nostro giardino e dalle nostre galline!" Disse Jolene.

"Questi sembrano grandi. Ora so cosa mangerò per cena. Ti piacerebbe unirti a me, Jolene?"

"Oh, non posso, Travis. Ho detto a mia madre che sarei tornata direttamente. Devo aiutarla questa sera."

"Oh ok, forse un'altra volta."

"Sarebbe bello", rispose Jolene.

Rimasero lì per un momento congelati nel silenzio.

"Lasciami mettere questi dentro e posso restituirti questo cestino."

"Va bene."

A Jolene non dispiaceva restare un paio di minuti in più. Seguì Travis fino al portico. Lui mise le uova e le verdure sul tavolo e le porse il cestino.

"Ringrazia tua madre per questo. Ho apprezzato molto."

"Lo farò", disse, guardandosi intorno al portico e dentro la porta aperta. "Vivi qui da solo?"

"Sì, solo io."

"Non ti senti solo?"

"A volte. Ma ho imparato ad apprezzare la solitudine. Stavo pensando di prendere un cane, però. Giusto per avere compagnia."

"Noi abbiamo un cane, ma è esuberante. Devo tenerlo lontano dalle galline."

Ci fu un altro silenzio mentre si guardavano negli occhi, abbastanza vicini.

Travis si sentiva come se stesse guardando attraverso di lui. Voleva toccarla, ma sapeva che non avrebbe dovuto. Jolene la pensava allo stesso modo.

"Beh, meglio andare," disse Jolene e si voltò per scendere al molo.

Travis la seguì e l'aiutò a scendere nella sua barca. Le prese di nuovo la mano e pensò che avesse una presa abbastanza solida. Fecero un cenno e si guardarono finché non lei scomparve dietro la curva.

Jolene conosceva le abitudini di Travis, quindi si fermò accanto alla sua casa diverse volte. Sarebbe passata innocentemente, di solito nella barca, ma un paio di volte guidò con la sua bicicletta fino in fondo alla città. Fu in quelle occasioni che iniziarono a parlare sempre più spesso, e Travis capì che Jolene era contenta di venire a trovarlo. Si sedevano sotto il portico o sul divano con una bibita e parlavano. Travis fu sollevato e sorpreso di quanto fosse facile parlare con lei e gli piacevano le sue visite. Era quasi come se riuscisse a dimenticare tutte le immagini che aveva visto in guerra, quasi ad aprirsi lentamente, un po' alla volta.

Lei gli fece domande personali, domande che lo facevano raggrinzire e innervosire. Ma Jolene era molto spontanea nel parlare.

"Perché ti fa sempre male la gamba?" chiese lei, e Travis le raccontò tutto della guerra, del troppo spargimento di sangue, e del fatto che era stato rimandato a casa dopo essersi quasi fatto saltare una gamba.

"Dov'è la tua famiglia?" chiese lei e lui le raccontò della loro morte e delle circostanze.

Suoni la tromba di notte, vero?" chiese lei, dopo aver visto lo strumento su un tavolo nell'angolo. Lui annuì e lei disse: "Lo so, io ti ascolto sempre".

Travis si fermava al negozio quando era in città vendendo il suo pesce o facendo commissioni. Si sedeva su uno degli sgabelli imbottiti di rosso e prendeva una bibita sperando di vedere Jolene. Era spesso lì e chiacchieravano un po', condividevano un sorriso o due, forse flirtavano, e il loro atteggiamento non passava inosservato agli acquirenti e ai dipendenti.

Travis notò presto che la gente lo osservava in un modo nuovo e diverso mentre si dirigeva verso il mercato, il negozio di ferramenta, l'ufficio postale e la banca. Anche Jolene sentì le voci in giro.

I genitori di Jolene se ne accorsero e non ne furono affatto contenti. Ma a Jolene non importava, era una donna adulta e aveva trovato un nuovo amico, lui non era certo un idiota, e le piaceva.

Jolene andò al mercato un venerdì dopo il lavoro. C'era una bacheca nella parte anteriore del negozio in cui la gente attaccava manifesti e avvisi di ogni genere. Jolene ne vide uno che diceva "Regalo cane".

Chiamò subito il numero. La donna che rispose al telefono disse che si stavano preparando a trasferirsi in città e che non potevano portare con loro il cane. Erano dispiaciuti, ma se non riuscivano a trovargli una buona casa in pochi giorni, avrebbero dovuto chiamare un canile.

"Che tipo di cane è?" Chiese Jolene.

"Un mix di Beagle-Corgi. Lei è bellissima! Due anni, una ventina di Derek, dolce come non mai, anche con la casa."

"E la stai regalando questo cane?"

"Sì, non posso più tenerlo."

"Posso vederla?" Chiese Jolene.

"Certamente."

Jolene si avvicinò e si innamorò immediatamente. "Bella" era il suo nome ed era una grande cagna affettuosa.

"È meravigliosa", disse Jolene. "Mi piacerebbe averla. Posso prenderla domani?"

La signora disse di sì.

Jolene ringraziò abbondantemente la donna e le promise che Bella avrebbe avuto una vita molto felice. Il giorno seguente Jolene dovette lavorare dalla mattina fino al pomeriggio. Lasciò il lavoro, andò al mercato e comprò del cibo per cani. Sperava che la signora le avrebbe regalato il collare e il guinzaglio di Bella.

La signora era quasi in lacrime mentre salutava Bella. Jolene la ringraziò più volte e si sentì triste per lei, ma era contenta mentre tornava a casa con Bella al guinzaglio.

Nel tardo pomeriggio, Jolene e Bella erano insieme sulla barca, diretti verso la casa di Travis. Entrambi indossavano giubbotti di salvataggio (sapeva che Travis l'avrebbe rimproverata) in compagnia di un sacco di cibo per cani e un secchio di metallo pieno di giocattoli, accessori e la palla da tennis di Bella. Travis era fuori a tagliare legna quando sentì il familiare fuoribordo. Mise giù l'ascia e andò verso il suo molo. Il suo viso si aprì in un largo sorriso quando vide Jolene e il cane avvicinarsi, entrambi con giubbotti di salvataggio arancioni attorno al collo.

"Ti ho portato il tuo nuovo compagno di stanza," disse Jolene, mentre la barca scivolava contro il molo. "Si chiama Bella. È una dolcezza."

"Veramente?" disse, mentre fissava la barca. "Per me?"
Diede a Travis il secchio e il cane. Bella saltò sul molo immediatamente tra le braccia di Travis.
"Sì, per te" disse Jolene. "Hai bisogno di qualcuno che si prenda cura di te."
"Sei un cane fantastico, vero Bella?" Disse Travis mentre la abbracciava. "Amichevole e anche carino, vero?"
Travis prese la pallina da tennis e la lanciò verso la casa. Bella decollò a prenderla, tornò e lo lasciò cadere ai suoi piedi. La lanciò di nuovo, stesso risultato.
"Una famiglia doveva trasferirsi e non poteva prenderla", disse Jolene. "Era libera e in una buona casa. Ho detto alla signora che conoscevo una casa migliore per lei."
"Sicuro, grazie. Lei è bellissima. Grazie mille!"
Abbracciò Jolene e la tenne tra le braccia per un momento e sentì il calore del suo corpo contro il suo. La baciò sulla sua tempia. Sentì le sue braccia attorno a lui, brevemente. Era la prima volta che la abbracciava e si sentiva bene. Si avvicinarono alla casa. Travis riempì una grande ciotola con acqua fresca e un'altra ciotola con il cibo e le mise sul pavimento della cucina. Bella si tuffò in entrambi.
"La signora ha detto che Bella è anche addestrata."
"Bene", disse Travis. "Questo ci rende tutto più facile."

Si sedettero sul portico e parlarono di Bella mentre il cane inseguiva la pallina da tennis attraverso il cortile ogni volta che Travis la lanciava.

"Sarà meglio che vada," disse infine Jolene. "Voglio riportare quella barca prima che faccia buio."

Al molo Travis la affrontò e disse: "Grazie, Jolene. Questa è la cosa più bella che qualcuno abbia mai fatto per me. E adoro il suo nome. Bella. Jolene e Bella. Le due donne nella mia vita."

Rimasero in silenzio per un momento. Jolene lo guardò negli occhi e socchiuse gli occhi verso il sole abbassato.

"Mi piace", disse, e si alzò in punta di piedi e baciò Travis sull'angolo della sua bocca.

Travis la prese tra le sue braccia e posò le sue labbra direttamente sulle sue… la baciò, e lei lo baciò.

La sua bocca si aprì per lui e la sua lingua non perse l'occasione. Sentì la morbidezza delle sue labbra e la assaggiò per la prima volta, le loro lingue danzarono.

"È stato bello", disse Jolene con le guance completamente rosse e le labbra tremanti. "Dovrei andare…"

Travis le prese la mano mentre saliva sulla barca. Aveva una lacrima che gli scivolava lungo la guancia mentre lei avviava il motore e se ne andava. Jolene provò un euforico sollievo mentre camminava verso casa. Travis pensò, forse sperava, non ne era sicuro, aveva sentito un formicolio acceso nei suoi pantaloni. Un paio di giorni dopo Travis era in città e si fermò in farmacia. Non vide subito Jolene, ma era ansioso di parlarle. Era dopo pranzo ma c'erano altre tre persone che mangiavano al bancone.

"Non è qui", disse la donna arrogante dietro il bancone.

"Oh," disse Travis, colto di sorpresa. "Tornerà?"

"Dovrebbe essere qui tra non molto. È andata a trovare il dottore con sua mamma. Cosa vuoi da mangiare?"

Travis ordinò un cheeseburger, patatine fritte e una coca cola. Non mangiava dalla mattina presto, quindi decise di uscire un po' sperando che Jolene si presentasse. Aveva quasi finito di mangiare quando tornò. Jolene entrò, indossò l'uniforme ed entrò nel negozio. Lo vide immediatamente e gli si avvicinò con un sorriso sul viso.

"Ciao Travis!" disse con entusiasmo. "Come stai?"

"Sto bene, sono venuto a pranzo. E tu? Va tutto bene dal dottore?"

"Sto bene, ma ho portato la mia mamma per alcuni test. Si è sentita un po' affaticata ultimamente, senza fiato. Spero che stia bene. Dovrebbe saperlo tra qualche giorno. Come sta Bella?"

"Sta davvero bene, che cane eccezionale. E lei sembra adorare quel posto. Insegue conigli e scoiattoli e scommetto di aver lanciato quella palla da tennis almeno mille volte. Grazie ancora per lei, sei stata così premurosa. Bella mi rende felice. Dorme persino con me."

"Cane fortunato...", disse Jolene.

Ci fu un silenzio tra loro, nessuno dei due parlò per alcuni secondi.

"Voglio baciarti ancora", disse dolcemente Travis, "Ma so che non posso in questo momento."

"Giusto. Non nel negozio ", rispose Jolene. "Se ci baciamo qui, daremo a tutti qualcosa di cui parlare." Lei gli fece l'occhiolino, lui rise nervosamente quando si rese conto che non stava scherzando.

Travis se ne andò per fare benzina sul suo camion. Tornò al negozio e parcheggiò di fronte. Scese dal camion, chiuse la portiera del conducente e vi si appoggiò contro. Un minuto dopo Jolene uscì dal negozio e gli si avvicinò. Camminò direttamente tra le sue braccia e gli baciò le labbra, gli diede la lingua per un paio di secondi in modo che tutti per la strada potessero vedere bene.

"Ecco, questo dovrebbe bastare", disse, sapendo che le voci in città avrebbero iniziato a girare in poco tempo e sua madre l'avrebbe saputo.

La scrittura notturna di Travis aveva preso una svolta in meglio. Si sedeva alla sua scrivania e le parole gli uscivano come fiumi, il tono si era alleggerito, scriveva capitoli come se nulla fosse. Le pagine che aveva iniziato quando era arrabbiato con il governo riguardo la guerra, si trasformarono in una storia horror sulla redenzione, la rinascita e il perdono. Quella notte, dopo aver baciato Jolene in Main Street in città, Travis fece un sogno.

Era in piedi sul molo e Jolene era in piedi nella sua barca e le stava dicendo di non andare via. "Devo andare", disse lei, "ma tornerò presto". La stava salutando quando la barca cominciò a spostarsi dal molo mentre la corrente la dirigeva verso il fiume. "No!", chiamò, "No!" Saltò nel torrente e iniziò a nuotare verso di lei quando l'acqua apparvero di fronte a lui, rendendolo indifeso mentre Jolene veniva trascinata verso il fiume e le sue forti correnti. Travis si svegliò nel suo letto, disorientato per un minuto, poi sollevato. Bella russava accanto a lui. Aveva la gola arida e un leggero strato di sudore sulla fronte. Si voltò verso il comodino e prese la tazza d'acqua. Sentì qualcosa di grosso e pesante tra il suo cavallo e il lenzuolo.

Era il suo cazzo. Lungo, duro e caldo.

Si distese e lo sentì, lo toccò con le dita dalle sue palle alla punta appoggiata sull'ombelico, delicatamente, come per salutare un vecchio amico.

Lo prese in mano e lo accarezzò. Rimase duro, ed iniziò a masturbarsi, non riusciva a crederci. Era bello, e quando raggiunse l'apice il suo cazzo esplose di sborra. Fuoriuscendo da lui, su tutto lo stomaco e il petto. Al mattino si svegliò con un'altra erezione, proprio come ai bei vecchi tempi. Ridacchiò e iniziava a credere che qualcosa stesse cambiando. Si alzò, tirò fuori Bella e poi fece il caffè. Cantava da solo e pensava. Stava pensando a come sarebbe andata se avesse raccontato della sua impotenza a Jolene. "Forse non ci saremmo mai baciati? Forse avrebbe riso di me? Forse avrebbe cercato di compatirmi e le avrei fatto pena?" Penso tra sé. Durante gli incontri precedenti con Jolene, lui pensava spesso al suo problema, e temeva che se la storia fosse andata avanti, avrebbe prima o poi dovuto dirglielo, e lei forse non ne sarebbe stata contenta. Per questo motivo, quella mattina era piuttosto soddisfatto di aver taciuto, perché forse le cose si stavano aggiustando. Travis stava lasciando il mercato dopo aver venduto le sue catture quando fu avvicinato da una grande donna.

"Signor Travis?" lei disse.

"Sì, mi chiamo Travis."

"Bene, io sono Mary. Sono la mamma di Jolene. Io e mio marito abbiamo sentito tutti i pettegolezzi e le chiacchiere su voi due e vorremmo che lei resti lontano da nostra figlia. Jolene è ancora troppo giovane per essere coinvolta in situazioni come queste, e poi avete troppa differenza di età." La mamma di Jolene era piuttosto all'antica, allo stesso modo il padre. Vivevano in un paesino di pochi abitanti, lontano dalla città, e si sentivano in dovere di proteggere la loro figlia da una possibile relazione, anche se in realtà era già una donna adulta.

Travis si guardò intorno, e vide le persone vicine che stavano ascoltando la loro conversazione.

"Signora Mary, sua figlia Jolene ha 26 anni, non è più una bambina, e io ne ho 32... solo 6 anni di differenza. Non le sembra normale che due ragazzi come noi inizino a frequentarsi?"

La signora Mary non poté controbattere alle sue affermazioni, effettivamente Jolene era grande, e la differenza di età era poca, ma Mary ragionava ancora secondo schemi antichi, quindi trovò altre scuse per attaccarlo.

"Vi siete baciati sulla strada principale! È meglio per entrambi se smettete di incontrarvi. Non sta bene che vi facciate vedere per strada in un paese piccolo come questo a baciarvi. Cosa penserebbe la gente della nostra famiglia? E poi... mi hanno detto che tu sei stato in guerra e sei stato ferito a una gamba. Cosa puoi offrire a mia figlia? Avrai anche ucciso della gente in guerra, immagino!"

C'era un sussulto collettivo tra la gente nella folla. Molti si intromisero nella conversazione prendendo le difese di Travis, dicendo alla signora che non c'era niente di male e che non erano più nel medioevo.

"Mi dispiace sentir dire queste cose signora Mary. È vero, sono stato un soldato e ho servito questo paese, mandato in guerra per futili motivi. Ho visto morire molti dei miei compagni, e questo posso capirlo solo io, non lei! Mi dispiace, ma Jolene è grande, e può decidere soltanto lei cosa vuole fare della sua vita."

Travis si girò di scatto prima che la situazione peggiorasse.

Si avvicinò al suo camion, salì e accese il motore. Accarezzò Bella sulla testa e le solleticò le orecchie. Uscì dalla città e si diresse verso la casa. Aveva programmato di andare al negozio per una bibita, ma decise di non farlo. Jolene non aveva assistito a tutta quella scena, ma lo venne presto a sapere. Le voci e i sussurri volavano nell'aria della città come il vento. Fu orgogliosa quando seppe che Travis aveva resistito e aveva risposto a tono a sua madre. Non vide Travis in città quel giorno. All'inizio pensò che fosse rimasto deluso del comportamento di Mary, ma poi si preoccupò che forse qualcosa non andava. Dopo il lavoro si diresse verso la casa per parlargli. Il percorso sembrava lunghissimo mentre guidava la sua bici verso ovest, nel sole della sera. Quando raggiunse la casa, il pick-up era parcheggiato nel suo solito posto e la barca era attraccata. Si avvicinò alla casa e chiamò Travis. Immediatamente sentì abbaiare Bella dall'interno. Salì i gradini verso il portico ed entrò. Bella la salutò con due veloci abbai e un bacio alla francese, poi la condusse attraverso la stanza fioca fino alla camera da letto. Travis era sdraiato sulla schiena nel suo letto. Lei si avvicinò al letto. Sembrava appena svegliato.

"Travis, stai bene?" disse preoccupata.

"Non proprio", grugnì lui.

"Che cosa c'è?" Gli toccò la mano, fredda per il sudore. La sua fronte era calda al tatto.

"Malaria", gracchiò. "L'ho preso quando ero all'estero, e a volte ho delle ricadute. Mi erano rimaste un paio di pillole, le ho prese."

Jolene prese la scatole di pillole sul comodino; era vuota. L'etichetta diceva di prenderle per quattordici giorni.

"Ho bisogno di prendere più pillole", disse lui.

"Potresti?"

"Posso prendere in prestito il tuo camion?" Travis non aveva un telefono.

Annuì e prese debolmente la tazza d'acqua sul tavolo. Jolene glielo porse e sorseggiò. Le lenzuola erano bagnate dal suo sudore.

"Ho intenzione di cambiare queste lenzuola e poi arrivare in città prima della chiusura della farmacia", disse lei. "Puoi alzarti?" Vestito solo con le mutande, si alzò con il suo aiuto e si sedette su una sedia che aveva trascinato vicino al letto. Guardò mentre Jolene cambiava le lenzuola. Tornò nel letto e continuò a guardarla. Mise del ghiaccio in un asciugamano bagnato e lo posò sulla sua fronte, fece uscire Bella per fare pipì e riempì le sue scodelle di cibo e acqua fresca e portò altra acqua fresca per Travis.

"Dormi se puoi e bevi. Vado in città e tornerò presto. Sai, ho sentito parlare di te e mia mamma... sono contenta che tu le abbia risposto in quel modo."

Gli baciò le labbra, afferrò la scatola vuota di pillole e le chiavi del camion e uscì dalla porta. Jolene si precipitò in città e per fortuna il suo capo, il farmacista, non era ancora partito. Ascoltò mentre lei spiegava la situazione. Prese le pillole e chiamò a casa per dire che non sarebbe tornata per alcuni giorni. Il Dottor Jones venne insieme a Jolene per visitare Travis. Si stava facendo buio quando arrivarono a casa e Bella abbaiò per darle il benvenuto. Travis aveva i brividi e il lenzuolo sopra di lui era già umido di sudore. Il dottore gli diede immediatamente un paio di pillole con acqua e prese tutti i suoi segni vitali. La sua temperatura era molto alta.

"Dobbiamo portarti in ospedale", disse il dottore.

"Niente ospedale", grugnì Travis.

"Ma figliolo, questa è una cosa seria. La tua situazione deve essere monitorata, tu ..."

"Ci sono passato altre volte, conosco il problema."

"Non lo so..." Disse il dottore.

"Non vado in ospedale. Mi uccideranno lì dentro. Qui sarà più facile migliorare."

"Starò con lui", disse Jolene. "Mi prenderò cura di lui."

Doc guardò Travis, poi Jolene, poi di nuovo Travis.

"Mi sento già meglio", grugnì Travis con un sorriso stanco.

Doc si piegò leggermente, scrollò le spalle e iniziò a fare le valigie nere. Sapeva che avrebbe sprecato il fiato, quindi lasciò perdere. Almeno non è delirante, pensò.

Diede istruzioni a Jolene e le disse di chiamarlo se avessero avuto bisogno di qualcosa. Non gli disse che non avevano il telefono.

"Grazie Doc," disse Travis mentre Doc usciva dalla stanza.

Jolene accompagnò Doc alla porta. Gli disse che si sarebbe fermata nel suo ufficio per ritirare il conto la prossima volta che sarebbe tornata in città. Jolene prese a Travis un lenzuolo asciutto e rinfrescò l'asciugamano sulla fronte. Gli asciugò la faccia e il collo con un panno freddo e bagnato. Mentre dormiva, si occupò della casa. Si stava facendo tardi e Jolene era stanca. Travis si agitò brevemente così lei gli diede un'altra delle sue pillole. Prese una coperta da un armadio e andò a dormire sul divano.

Dopo qualche giorno lui era quasi guarito e stava molto meglio. Jolene fu svegliata da Travis che parlava nel sonno. Non riusciva a capire cosa stesse dicendo, era tutto confuso, ma stava facendo una sorta di sogno. Si avvicinò e si sedette accanto a lui. C'era appena abbastanza luce radiante dalle stelle fuori per vedere che Travis si era liberato dal lenzuolo sopra di lui, ed era nudo, tranne per i suoi boxer. Lei sentì la sua fronte; la sua febbre era sparita e lui era guarito.

"Ciao", disse Travis dolcemente con una voce graffiante.

"Ciao", disse Jolene. "Stavi parlando nel sonno. Stavi facendo un brutto sogno?"

"No. È stato un bel sogno, c'eri anche tu."

"Veramente?"

"Sì", disse Travis.

Prese la mano di Jolene e la mise all'inguine poi la mise sul suo cazzo. Poteva sentire il suo calore attraverso l'umidità dei suoi pantaloncini di cotone.

"Vedi?"

"Capisco", disse Jolene.

Jolene aprì la fessura sul davanti dei suoi pantaloncini e serpeggiò il suo cazzo attraverso l'apertura. Lo accarezzò delicatamente e Travis sospirò di piacere. Era la prima volta da anni che sentiva un tale tocco. Senza un'altra parola Jolene spostò il suo corpo e si chinò e prese il suo cazzo in bocca. Travis gemette mentre lo succhiava e faceva scorrere la lingua intorno alla punta. Affondò le dita tra i capelli crespi.

Si sentiva lungo e caldo in bocca. Era anche abbastanza grosso, pensò che sarebbe riuscito a penetrarla, e sperava succedesse presto. Lei aveva già scopato altre volte, ma era da tempo che vedeva un ragazzo. Jolene gli prese a coppa le palle e lo succhiò con passione, con una forza potente volta a succhiare. Voleva compiacerlo, farlo star bene e dimenticare la sua malattia passata. Voleva assaggiarlo, riempire la bocca e lo stomaco con il suo sperma, voleva che segnasse il suo posto dentro di lei. Le dita di Travis erano intrappolate nei capelli di Jolene. Osservò la sagoma della sua testa che si muoveva su e giù nella luce oscura, e agitò delicatamente il cavallo in tempo con i suoi movimenti. Aveva la bocca larga e la maggior parte del suo cazzo scivolava facilmente dentro e fuori. Erano sincronizzati e lentamente lui sentiva il suo sperma aumentare verso l'eiaculazione.

Quando Travis arrivò, il suo busto sussultò come un calcio d'asino. Il suo sperma sparò nella bocca di Jolene e sul suo viso. Cinque colpi separati, il primo potente, quelli dopo sempre meno. Lei leccò il suo cazzo e la sua cappella con la lingua. Si alzò e tolse le dita di Travis dai capelli. Gli prese la mano mentre gli baciava delicatamente le labbra. Il cane dormiva e non vide nulla. "Ecco", disse Jolene. "Forse questo ti aiuterà a riprenderti dalla malattia. Adesso dormi ancora un po' e ci vediamo domani mattina." Cominciò a rialzarsi ma Travis le tenne la mano. Non l'avrebbe lasciata andare finché non si fossero baciati di nuovo...

Il giorno dopo, Jolene si alzò e fece una doccia, poi mise dell'acqua sul fornello per il tè. Travis stava dormendo tranquillamente, quindi lei decise di aspettare fino a quando lui svegliò. Era seduta su una sedia a guardarlo quando si agitava. "Buongiorno", disse Travis, e si alzò dalla sedia. Anche Bella si svegliò.

"Come ti senti?" disse, sedendosi accanto a lui sul letto e gli strinse la mano.

"Mi sento meglio", disse piano. "Grazie a te. Quello che hai fatto ... ieri sera. È stato ... davvero bello."

"Anche a me è piaciuto. Ho bisogno di succhiarti ancora, riprenditi e te lo farò di nuovo."

Jolene tirò indietro il lenzuolo. Mise la mano sul davanti dei suoi boxer. Era di nuovo duro, proprio come ai bei vecchi tempi. "Cavolo, sei già pronto, non è vero?" Disse lei, e senza esitazione si tirò giù i pantaloncini. Lei prese il suo cazzo caldo in mano. "Bel cazzo…", aggiunse, e iniziò a succhiarlo. Era caldo in bocca, lo succhiò per un minuto, poi baciò la punta, poi lo leccò dal basso verso l'alto e massaggiò le sue palle. Sentì di nuovo le dita di Travis sul suo cuoio capelluto e riprese il suo membro in bocca, impastò le sue palle e succhiò con un fervore ardente. Travis le guidò la testa con una mano tra i capelli e alla luce del mattino la guardò, si meravigliò mentre il suo cazzo le andava incontro dentro e fuori dalla sua bocca. Era sexy da morire, pensò. Lui oscillò l'inguine, scopando delicatamente la sua bella bocca. Gemette di gioia quando lei lo succhiava più forte e gli toccava le palle. Ugh ... grugnì ad ogni colpo della sua testa, esortando il suo sperma a uscire un'altra visita. Non ci volle molto. Sollevò l'inguine ancora e ancora e sempre più a fondo, spingendo il suo cazzo nella sua bocca, raggiungendo la sua gola, e presto sentì il suo sperma che spingeva fuori, dopo anni di frustrazione. Jolene gemette quando il corpo di Travis si piegò e sentì la sua prima esplosione calda nella parte posteriore della gola. Lei tenne la bocca serrata al suo cazzo mentre la sua sborra saliva nella sua bocca e il suo corpo oscillava sotto di lei. Lei voleva tutto; sapeva che gli stava succhiando tutto quello che aveva. Quando Travis finì di sborrare, Jolene si tolse il cazzo dalla bocca e leccò la punta.

Travis avvicinò la testa alla sua e lui la baciò. L'abbracciò forte, e presto si distese accanto a lui con le mani di Travis che le scivolavano sulla schiena e sul culo.

"È stato così bello", disse lui. "Sei così sexy."

"Voglio farti stare bene", sussurrò lei.

"Sì, Jolene. Ci sei riuscita."

"Bene, ora rimetti in forze così potrai scoparmi", disse lei in modo conciso. Lo baciò di nuovo e si spinse fuori dal letto.

"Vado a fare la colazione," disse lei. "Se ti senti abbastanza bene per i pompini, dovresti sentirti abbastanza bene anche per mangiare."

"Sto bene", disse Travis.

"Ottimo, quando scopiamo? Vuoi la mia figa, vero?"

"Oh sì. Io voglio tutto di te."

"Bene. Allora preparati."

Travis rise tra sé e la guardò lasciare la camera da letto. Annuì mentre ascoltava il suo fruscio in cucina.

Nei giorni successivi Jolene usò il camion di Travis per guidare i pochi chilometri da e verso la città. Sarebbe andata al lavoro e sarebbe tornata all'ora di pranzo per controllarlo, preparargli un po' di zuppa o fare tutto il necessario e poi tornare in città. Sua madre gliene disse di tutti i colori quando lei tornò a casa per prendere dei vestiti, Jolene la ignorò semplicemente. "È malato, è tutto solo, ha bisogno di me", fu tutto ciò che disse e se ne andò. Il terzo giorno, Travis era guarito e tornò alla normalità. Era ancora un po' debole, ma la febbre era sparita e si era alzato dal letto. Jolene gli ricordò quando andò a lavorare che era la sua giornata di lavoro lunga e che sarebbe tornata in casa poco dopo le otto anziché poco dopo le cinque. "Continua a prendere le tue pillole!" gli ricordò quando se ne andò. Quando Jolene tornò a casa quella sera, Bella corse al camion per salutarla. All'inizio pensò: Oh no, il cane è in libertà, qualcosa non va, ma presto vide Travis seduto sulla sedia a dondolo a bere una lattina di birra, ad aspettarla. Capì subito che si sentiva meglio e stava tornando alla normalità. Travis si alzò mentre Jolene saliva i gradini sulla veranda. Si baciarono e lei prese la lattina di birra dalla sua mano per bere un sorso.

"Ti senti meglio, sembra", disse lei. "Cos'è questo profumo così buono?"

"Ho preparato la cena", disse Travis. "Bistecche di cervo, verdure e mais, pane e burro."

"Wow!"

"Sì. Avremo bisogno di energia per dopo... Ti sei presa cura di me, ora mi prenderò cura io di te."

"Sì? Cosa hai intenzione di farmi?" Disse Jolene.

"Ti farò godere."

"Dio, finalmente", disse Jolene e gli fece scivolare una mano tra le gambe.

"Uh uh" disse, prendendole la mano. "Prima mangiamo."

Il tavolo era pronto. C'erano due candele accese e una bottiglia di vino ghiacciata sul tavolo. Il cibo era cotto e caldo, quindi misero i piatti a tavola e si sedettero. Travis fece un brindisi. Ringraziò Jolene per essere venuta lì ad aiutarlo, disse che lei era "la luce alla fine del suo lungo tunnel". Mangiarono, bevvero e parlarono, prima della sua giornata in farmacia, poi dei piani di Travis per tornare a pescare e scrivere ora che si sentiva meglio. Sapeva che in pochi giorni avrebbe recuperato le sue forze al cento per cento. Finirono la bottiglia di vino, Jolene si gettò tra le sue braccia. Si baciarono si strinsero a vicenda e la pioggia iniziò a battere sul tetto di lamiera. Si baciarono a lungo e le loro dita vagarono sui loro corpi, il cazzo di Travis e i capezzoli di Jolene divennero duri tra loro.

"Scopami!", sussurrò Jolene.

Travis la condusse in camera da letto. La fece sedere sul bordo e si inginocchiò davanti a lei, le sbottonò la camicetta, poi il reggiseno, scoprendo i suoi piccoli seni. La fece rilassare, aprì la cerniera della gonna, la tolse e la appese a una sedia. Si prese un momento per ammirare la sua bellezza dalla testa ai piedi, lei rimase con le sue mutandine bianche. Travis si alzò e si spogliò davanti a lei. Si mise sul letto, il suo corpo era nudo su di lei per la prima volta. Ripresero a baciarsi e a sentirsi a vicenda. Il suo cazzo era duro ma voleva prendersi il suo tempo, rendendo tutto più bello.

Le mise le mani su tutta la schiena, sulle tette, sul collo, sulle spalle, sul culo. Poi le mise una mano dentro le sue mutandine, dove sentiva la sua figa già bagnata. Jolene tolse completamente le sue mutandine mentre Travis stringeva il suo culo tra le mani e le succhiava i capezzoli. Jolene passò le sue lunghe dita tra i capelli castano chiaro di Travis mentre le sue labbra e la sua lingua assaggiavano il suo corpo. Le leccò il ventre, magro e piatto, e lei ridacchiò quando lui conficcò la lingua nel suo ombelico. Ma non ridacchiò affatto quando le leccò la figa per la prima volta.

Travis mise la sua faccia tra le gambe di Jolene, ne sentiva l'odore dopo anni e non poteva credere che tutto fosse tornato normale. Iniziò a leccarla delicatamente, lei gli avvolse le gambe attorno al collo e gli spinse la fica in faccia. Lui leccò l'interno delle sue labbra aperte e assaggiò il suo sapore. Lei lo spinse contro la sua faccia, e gemette quando lui forzò la sua lingua dentro di lei.

"Leccamela più forte ti prego!" disse Jolene.

Con la lingua dentro la figa di Jolene, Travis succhiava il suo clitoride con il labbro superiore. Questa era in assoluto la leccata di figa più eccitante che avesse mai avuto.

Jolene strillava mentre il suo corpo si contraeva ad ogni movimento della lingua di Travis. Lui prese il clitoride in bocca e lo succhiò come una cannuccia. Lei stava venendo, il suo orgasmo era al culmine, il suo clitoride era gonfio e bagnato dalla lingua di Travis. Le labbra della sua figa erano aperte e rosse dopo essere state scopata con la lingua, non riusciva a resistere… erano ormai tre giorni che aveva succhiato il cazzo a Travis ed era rimasta eccitata per aver ingoiato il suo sperma, era arrivato il momento di liberarsi. Iniziò a contrarsi sempre più forte mentre lui la leccava con insistenza, tremava con spasmi molto forti e i suoi occhi erano socchiusi. Emise un forte urlo, profondo e lungo, il suo orgasmo durò per diversi secondi. Travis sentì un flusso caldo e umido uscire dalla figa. Il liquido di Jolene colava sul suo naso e sul mento. Quando i suoi spasmi finirono, Travis sollevò la testa con un sorriso sul volto, il suo cazzo non era mai stato così duro, aveva visto Jolene godere in quel modo e voleva solo scoparla in profondità, facendole sentire tutta la lunghezza del suo membro per poi sborrarle dentro e riempirla di sperma.

"Hai un buon sapore", disse Travis.

"Fammi assaggiare", disse lei, infilando la lingua nella sua bocca. Si baciarono profondamente e lei gli leccò il mento.

"Scopami, adesso.", disse Jolene.

Travis era più che pronto.

"Sei sicura?" chiese lui.

"Sì. Prendo la pillola stai tranquillo."

Afferrò il suo cazzo gonfio e se lo tirò dentro. Quindi strinse le gambe attorno a lui e succhiò il suo cazzo con la sua figa. Travis iniziò lentamente, ma per poco tempo. Presero rapidamente un ritmo costante, gradualmente con più velocità e forza, ed entrambi grugnirono a ogni potente scossa. Il letto dondolava e Bella lasciò la stanza. "La mia prima volta con questa donna", pensò Travis, "ed è la miglior scopata della mia vita". La pioggia batteva più forte sul tetto e loro battevano più forte nel letto. Travis stava sbattendo forte Jolene, ma lei non rimaneva passiva, sbatteva il suo bacino ancora più forte per farsi scopare. Il suo corpo lungo e robusto era incredibilmente agile, le sue braccia e le sue gambe erano avvolte intorno a lui come serpenti. Jolene non era troia silenziosa, urlava molto ed emetteva continuamente gemiti, raggiungeva facilmente l'orgasmo e le sue sensazioni erano molto intense. La sua fica succhiava il cazzo a Travis, come se stesse cercando di estrarre il suo sperma dalle palle. Mentre scopavano, Travis ebbe un breve lampo nella sua testa: il giorno in cui incontrò Jolene per la prima volta, quando era salpata sul suo pontile: non avrebbe mai immaginato di averla nel suo letto, e non avrebbe immaginato neanche che il suo cazzo sarebbe stato duro e pieno. Quando la vide la prima volta pensò che fosse una ragazza timida e riservata, ma mentre la scopava aveva un unico pensiero per la testa: "Questa ragazza è nata per scopare!"

Travis stava sudando, ma non era certo per la febbre. Anche Jolene stava sudando, ma non rallentò nessuno dei due. Avevano un ritmo costante e si scopavano a vicenda come se volessero farsi male.

"Cazzo quanto mi piaci" disse Travis con voce rauca, senza rallentare.

"Scopiamo bene", rispose Jolene. "Sapevo che lo avremmo fatto."

Travis sentì il suo sperma muoversi e sapeva che non sarebbe stato in grado di trattenerlo ancora a lungo.

"Sto per venire!" Disse lui.

"SI!!!", disse lei, stringendo le gambe ancora più strette attorno a lui e strinse forte le natiche con entrambe le mani.

Lo sperma caldo usci dal cazzo d'acciaio di Travis con potenti spasmi. Le sue pulsazioni erano molto ravvicinate e riempirono la figa di Jolene in profondità mentre lei urlava dal piacere e lo teneva stretto.

"Oh si…", disse Travis.

"Cazzo quanto ho goduto!", disse Jolene. "Resta dentro, voglio sentirlo ancora."

Travis rimase dentro per un po'. Dopo qualche minuto lo tirò fuori e vide uscire tutto il suo sperma dal buco della figa di Jolene, colava tutto tra le sue cosce fino a bagnare completamente il suo buco del culo. Lui, si eccitò nel vedere il buco del culo di Jolene ricoperto di sperma e pensò che avrebbe dovuto scoparla anche lì. Travis crollò accanto a lei e le mise le braccia attorno. Ridevano dolcemente e si godevano quel momento fino ad addormentarsi.

La mattina dopo si svegliarono e iniziarono subito a ridere. Era stato davvero così bello? Sì. Jolene notò prontamente che il cazzo di Travis, era nuovamente duro quindi si mise immediatamente sopra di lui, iniziò a succhiarlo subito per dargli il buongiorno, poi si mise sopra di lui ed iniziò a cavalcarlo pompando energicamente il suo cazzo. Cavalcava forte e lo sbatteva sentendo tutta la durezza del suo cazzo, strofinava il suo clitoride su Travis e lui guardava da sotto tutta la scena. Jolene cambio posizione, aprì ancora di più le gambe e si mise sui suoi piedi, era sempre sopra Travis e lo cavalcava guardandolo negli occhi. Mentre lo scopava, si masturbava il clitoride energicamente e Travis le toccava i capezzoli. Jolene venne subito e schizzo tutto il suo liquido su Travis urlando molto forte, poi prese a sbatterlo di nuovo. Lui stava per venire "ECCOMI! VENGO!", allora lei scese subito e prese il cazzo con le mani, iniziò a pomparlo forte e lui schizzò tutto sul suo viso e sugli occhi, lei lo guardava compiaciuta mentre teneva ancora la lingua fuori e leccava tutto lo sperma.

Lei rise con aria provocatoria, aveva ancora il fiatone e tutto lo sperma sul viso.

"Voglio che mi scopi ancora più forte la prossima volta", disse Jolene, "ho bisogno che tu mi faccia male, voglio godere ancora più forte".

"Sarai accontentata". Rispose Travis.

Jolene si era praticamente trasferita a casa di Travis. Voleva dormire con lui e scoparlo il più possibile, e per Travis era lo stesso. Lei andava ancora a casa sua per dare una mano a sua madre, ma le cose erano un po' tese con i suoi genitori, quindi limitava i rapporti.

Travis acquistò una vecchia auto per 800 dollari in modo che Jolene potesse andare e venire dalla città senza doverla accompagnare ogni volta. Mentre Jolene andava al lavoro, la routine di Travis era quella di pescare la mattina, di andare in città nel pomeriggio per vendere il suo pesce e fare le sue commissioni, poi tornare a casa e scrivere. Il suo modo di scrivere era decollato, il libro al quale stava lavorando si era trasformato in una vera e propria storia anziché in un sermone contro la guerra. Mantenne la prima parte sull'andare in guerra e sulle atrocità a cui aveva assistito, ma la trasformò in qualcosa di completamente diverso da quello che aveva immaginato all'inizio. Sapeva che il suo lavoro era eccezionale ed aveva presentato un paio di estratti a varie riviste, sperando di pubblicarli. Tutto il suo lavoro si svolgeva di notte, e Jolene aspettava a letto, ascoltando la sua macchina da scrivere nell'altra stanza. Quando smetteva di battere sulla macchina da scrivere, andava a letto e iniziava a battere Jolene. Doveva farlo, era l'unico modo che aveva per staccarsi dalla scrittura e addormentarsi, aveva bisogno di lei, tutti e due lo sapevano e Jolene non vedeva l'ora, lo voleva sempre dentro di lei. La mattina, Travis si svegliava sempre con un cazzo duro, e lei lo prendeva in bocca e lo succhiava fino a quando non veniva.

Una domenica mattina erano a letto nudi, abbracciati.

"Mi faresti un favore?" Chiese Jolene.

"Certo", disse Travis. "Che cosa?"

"Scopami nel culo", disse Jolene.

Travis non poteva crederci, era esattamente quello che sperava di sentire, aveva una gran voglia di penetrarle il culo pensando ancora all'immagine dell'altra notte.

"Che cosa? Veramente? Lo vuoi?"

"Si."

Si alzò e andò verso il cassettone dove teneva alcuni dei suoi vestiti. Si sdraiò sul letto a faccia in giù e porse a Travis il lubrificante. Agitò il culo e allargò i glutei per lui, Travis rimase colpito quando vide il suo buco del culo dilatarsi e chiudersi per un paio di volte.

"Ooh, sembra che qualcuno sia pronto", disse Travis con aria ironica mentre apriva il lubrificante.

Le infilò un po' di lubrificante nel buco del culo con un dito e lo fece roteare alcune volte.

"Ah, già mi piace" sospirò Jolene.

Travis mise il lubrificante sul suo cazzo, e ne mise altro intorno al buco del culo.

Jolene si girò sulla schiena e si infilò due cuscini sotto il culo. Sollevò le gambe in modo che fossero abbastanza vicine attorno alla sua testa.

"Voglio vedere la tua faccia", disse lei.

Si mise le mani sui glutei e li separò, il suo buco del culo era pronto. Lui appoggiò la testa del suo uccello contro la sua apertura e la tenne lì per un momento, la sua cappella sensibile appoggiata alla sua fessura gommosa, lo spinse verso l'interno... Jolene ansimò non appena entrò in lei. Sentì che la raggiungeva, allungandola, poi indietreggiando, poi un po' di più, poi indietro, poi ancora, e ancora, lentamente, alesandola delicatamente. Quando Travis ebbe circa la metà del suo cazzo dentro di lei, prese il ritmo. Grugniva ad ogni spinta, e a lei sembrava che un tronco le si stesse infilando nel culo, ma scivolava dentro e fuori senza interruzioni, e più le scivolava dentro e fuori, più le piaceva. In poco tempo Travis iniziò a scoparla piuttosto duramente.

"Cazzo, quanto sto godendo", disse lui.

"Mi stai scopando tutta", disse bruscamente Jolene, fissandolo negli occhi.

Travis guardava avanti e indietro dagli occhi di Jolene al suo buco del culo, era incantato dal suo cazzo che la penetrava. Nel frattempo Jolene si masturbava il clitoride ed era quasi pronta per venire.

"È così fottutamente bello!" Travis quasi urlò.

"Sì, ti piace fottermi il culo?"

Entrambi gemevano ad ogni spinta e Travis non avrebbe mai immaginato di infilare tutto il suo cazzo nel culo di Jolene, ma era lì, fino in fondo, fuori, poi di nuovo dentro, ancora e ancora. Poi una strana idea gli saltò in testa e si fermò un momento.

"Che cosa c'è?" Chiese Jolene.

"Niente", rispose Travis. "Ho solo pensato a una cosa, tutto qui."

"Che pensiero?"

"Ho pensato, e se tua mamma ci vedesse ora?"

Jolene scoppiò a ridere e il suo corpo tremò, e Travis sentì il suo buco del culo tremare intorno al suo cazzo. Lui sorrise e entrambi risero per qualche secondo.

"Immagino che pregherebbe per me", disse infine Jolene, e risero ancora.

Travis iniziò lentamente a oscillare dentro e fuori il suo cazzo, e gradualmente prese velocità.

"Dannazione, quanto mi piace", disse di nuovo.

"Sto per venire, vieni nel mio culo." Disse Jolene.

Travis balzò via, in un attimo emise un ruggito e il suo sperma caldo scese tutto nel suo culo. Gli schizzi di sperma entravano nel profondo del dolce culo di Jolene. Sospirò rumorosamente mentre usciva e guardò il suo buco che si chiudeva lentamente. Lei emise uno dei suoi urli mentre veniva, il suo clitoride era gonfio e tutte le sue contrazioni fecero uscire lo sperma dal culo. Lui crollò accanto a lei.

"È stato così fottutamente bello", disse Travis. "Stai bene?"

"Oh sì", disse lei. "Il mio culo è tuo ora."

"Fammi vedere il mio nuovo culo", rispose Travis.

La fece rotolare sul ventre. Tracciò le dita sul suo sedere e lungo la sua fessura e le toccò il buco del culo, poi fece lo stesso con la lingua.

"Fantastico", disse lui.

"Che cosa?" Disse Jolene sollevando e girando la testa.

"Il tuo culo ha due guance rotonde nella parte inferiore e la tua fessura si dirige fino al punto tra le gambe."

Jolene ridacchiò mentre lui le toccava i glutei, poi si fece scivolare una mano tra le gambe e si toccò la figa. Si baciarono dolcemente mentre Travis le accarezzava il culo e il buco.

La settimana seguente Travis non andò più a pescare. Si dedicò maggiormente alla sua scrittura e scrisse gli ultimi capitoli, voleva mettere tutto su carta sfruttando la sua ispirazione. La prima settimana fece un giro in una gioielleria nella piccola città dall'altra parte del fiume, era il compleanno di Jolene e voleva regalarle qualcosa di carino, erano i suoi 27 anni. Jolene lavorava al negozio il giorno, la sera era a casa per aiutare sua madre che non si sentiva bene, ma di notte tornava sempre a casa da Travis, non importa a che ora. Sarebbe arrivata lì e Travis sarebbe stato alla sua scrivania e avrebbe cercato di scoparla a letto. Un paio di volte lei lo scopò proprio lì sulla sua sedia. Le piaceva dormire con lui, tenerlo, svegliarsi con lui. Le piaceva avere il fresco ricordo del suo cazzo dentro di sé mentre andava in giro per la sua giornata. Venerdì Travis andò a ritirare la posta, c'era una lettera di una rivista nazionale alla quale aveva presentato un estratto del suo libro. Sarebbe stato pubblicato in un prossimo numero e il suo assegno sarebbe stato inviato quando sarebbero andati in stampa. Sabato sera Travis portò Jolene a cena dall'altra parte del fiume. Si vestirono un po' eleganti, ma non troppo, e presero un tavolo con vista sul fiume. I clienti non potevano fare a meno di rubare un'occhiata alla strana coppia, evidentemente affascinante, che condivideva sorrisi e aragoste davanti alle grandi finestre. Anche i camerieri sembravano apprezzare lo spettacolo. A cena finita, Travis diede a Jolene il suo regalo di compleanno. Era una scatola avvolta in carta gialla con nastro rosso. Lei lo aprì e si mise una mano sulla bocca, ansimò quando vide quello che era: una catena in oro bianco attaccata a un cuore d'oro rovesciato con un diamante nel mezzo.

Iniziò a piangere e disse: "È bellissimo!"

"Buon compleanno, Jolene", disse Travis. "L'ho fatto su misura appositamente per te."

Si avvicinò e lo strinse al collo. La catena d'oro, il cuore e il diamante scintillavano come un faro sulla sua.

"Mi sto innamorando di te..." Disse lui.

Jolene annuì su e giù con enfasi e Travis la baciò.

"Ti amo anch'io," disse lei dolcemente.

Il cameriere tirò fuori una piccola torta e alcuni membri del personale le cantarono "Happy Birthday", i clienti fecero loro un applauso. Jolene spense la candela e ognuno di loro mangiò la torta.

"Andiamo a casa e facciamo l'amore", sussurrò Jolene.

Travis lasciò molti soldi sul tavolo e si alzarono per andarsene. Presero un altro applauso mentre camminavano per uscire.

Durante il viaggio verso casa, Jolene ebbe difficoltà a tenere le mani lontane da lui. Travis le disse di fermarsi, di fermarsi prima di provocare un incidente.

"Voglio che entri in tutti i miei buchi stasera", disse lei.

"Ok, ma prima torniamo a casa."

"Adoro la mia collana."

"Anche a me piace."

"Non lo toglierò mai."

Parlarono di cose diverse per distogliere la mente da quello che avrebbero fatto. Parlarono del suo lavoro, della sua famiglia e della salute di sua madre. Chiese come stava andando la sua scrittura del libro.

"Sta andando davvero molto bene nelle ultime settimane, e gli ultimi capitoli quasi tutti pronti", disse Travis. "Ne mancano solo un paio, ma proprio non riesco a finirlo."

Ci fu un silenzio per un momento o due.

Tornarono in casa. Bella li salutò e li seguì dentro. Il cazzo di Travis era duro e la figa di Jolene era completamente bagnata, quindi si spogliarono l'un l'altro per la frenesia ... tranne per la sua collana, ovviamente ... Travis portò la sua donna a letto.

Il suo cazzo scivolò dentro di lei con grazia e dolcezza, si scoparono un po', perfettamente in sintonia. Lui le baciò il collo, le leccò i capezzoli, il culo e le riempì la bocca con la lingua.

Passarono solo pochi minuti prima che entrambi raggiungessero l'orgasmo insieme.

Mentre eiaculava, Travis si rese conto che il suo libro era in realtà finito, e non aveva bisogno di scrivere altri due capitoli. Ne parlò con Jolene qualche minuto, ma non riuscì a fare a meno di guardarle il culo, quindi il suo cazzo si indurì di nuovo. Lei capì subito e sorrise, prese il lubrificante e iniziò a bagnarsi il culo. Lui le mise il cazzo dentro e le scopò il culo con molta energia. Poi cambiò posizione, lui si mise a pancia in su sdraiato sul letto, lei si mise sopra di lui e si sedette infilando il cazzo nel suo culo. Lo scopava su e giù con le sue cosce aperte allargando la figa più che poteva. Le labbra della sua figa erano ancora bagnate e rosse, il clitoride usciva fuori ed era di nuovo gonfio. Dopo un po' lei stava per venire si agitava sempre di più cavalcando quel lungo uccello che le sfondava l'ano. Si strofinò il clitoride fino a squirtare completamente sopra di lui, gli schizzi arrivarono fino al viso di Travis, lui si eccitò al punto che sborrò direttamente nel culo di Jolene e si liberò del suo sperma.

"Buon compleanno Jolene!"

Lei si mise a ridere e si rannicchiarono nel letto.

Travis lavorò duramente sul suo libro nei giorni successivi. L'aveva modificato più volte mentre lo scriveva e lo riscriveva, quindi era praticamente pronto per essere inviato, tranne che per l'ultimo capitolo. Riscrisse il capitolo, semplificando e risolvendo le cose nel miglior modo possibile. Quindi scrisse come un pazzo per alcuni giorni. Aveva contatti con cinque editori che sembravano adatti al libro, fece cinque copie e spedì gli originali con una lettera di accompagnamento che alla popolare rivista nazionale in cui era già programmato un estratto per la pubblicazione. Poi tornò a pescare. Jolene era più occupata che mai. Lavorava a tempo pieno in farmacia e part-time aiutando sua madre e sua nonna a casa. Ma non mancava mai di tornare da Travis la notte, contro i desideri di sua madre ovviamente, per dormire, scopare e svegliarsi con Travis. Dopo un paio di settimane Travis iniziò a controllare la sua casella postale più spesso sperando in una lettera di un editore.

Pensò che forse avrebbe dovuto comprare un telefono ma vi rinunciò, la linea telefonica era troppo lontana da casa sua, e poi l'unica persona che avrebbe veramente voluto chiamare era Jolene, che era già lì con lui. La prima corrispondenza che ricevette da un editore fu un modulo che diceva "grazie, ma non siamo interessati, non è il genere che stiamo cercando". Poi un paio di settimane dopo ricevette una lettera da un altro editore che diceva di aver ricevuto il suo manoscritto, ma era attualmente impegnato in altri lavori. Successivamente, ricevette un'altra lettera da un terzo editore non interessato. Alla fine, un mercoledì, poche settimane dopo, una quarta lettera fu consegnata alla sua cassetta postale, stavolta un po' diversa. Questa casa editrice aveva una certa urgenza, era interessata. Chiese a Travis di chiamare al più presto. Travis chiamò subito. In qualche modo il manoscritto di Travis era atterrato sulla scrivania di un editore di nome Ed Wright che amava il libro e che aveva anche conosciuto un editore della rivista che stava pianificando di pubblicare l'estratto. Parlarono, ed erano entrambi entusiasti del lavoro, si scambiarono idee sulla promozione permettendo alla rivista di pubblicare diversi estratti e forse anche con delle interviste.

"Ciao, Travis, sono Wright..." disse. E poi: "Stai chiamando da un telefono pubblico?"

"Sì, signor Wright. Non ho un telefono di casa."

"Allora dammi un numero dove potrò richiamarti."

Travis gli diede il numero.

Wright gli disse che amava il suo libro, la storia e la passione con cui era scritto, e anche un paio di altri editori lo avevano letto e pensavano di poterlo vendere. Disse che si sentiva come se fosse stato in guerra con lui. Voleva piangere lacrime di dolore nella prima parte e lacrime di gioia alla fine.

Disse di conoscere anche gente della rivista e che avevano già discusso della promozione incrociata. Aveva una buona sensazione.

"Dobbiamo portarti qui a New York, per incontrare il nostro team e parlare della pubblicazione di questo libro. Quando puoi venire qui? Ti invierò un biglietto aereo di andata e ritorno e ti verremo a prendere all'aeroporto, ti accompagneremo in un bell'albergo per un paio di giorni."

"Potrei venire la prossima settimana", disse Travis. "Ma preferirei non volare. Potrei forse prendere il treno? C'è una stazione non troppo lontano da dove vivo. L'aeroporto è troppo lontano."

"Certo, Travis, qualunque cosa tu voglia. Ci lavorerò subito. Ti invierò per posta celere il biglietto del treno. Pianificheremo di incontrarci mercoledì e giovedì prossimo, va bene?"

Travis diede conferma. Wright gli disse di controllare la sua cassetta postale venerdì e avrebbe dovuto trovare il biglietto, se non prima. Travis era entusiasta. Travis non vedeva l'ora di dire a Jolene la buona notizia. Comprò lo champagne, lo mise sul ghiaccio e impacchettò un cestino da picnic con pane, formaggio, carne, frutta e altri cibi. Li sistemò nella barca insieme a una trapunta e un paio di coperte. Quando Jolene tornò a casa, Travis e Bella erano seduti sulla veranda ad aspettarla. Sul tavolo c'erano due bicchieri di champagne. Si sedette accanto a lui e chiese cosa stava succedendo. "Un brindisi", disse Travis, porgendole un bicchiere. "A questo autore interessa il mio libro." Gli occhi di Jolene si fecero grandi. "Veramente?"

Travis le raccontò della lettera e della sua telefonata con l'editore e del suo prossimo viaggio a New York.

"Oh, mio dio è meraviglioso! Non ci posso credere. Pubblicheranno il tuo libro!"

"Spero di sì."

"Lo faranno, sono sicura", disse lei, e si alzò in piedi, urlò, gridò e ballò prima di abbracciarlo e baciarlo.

"Ti prenderai cura di Bella mentre sarò via?" chiese lui.

"Naturalmente", disse Jolene.

Salirono tutti e tre sulla barca e Travis li portò sul fiume in una baia tranquilla e privata. Cenarono e bevvero champagne per festeggiare, poi allargarono le coperte e fecero l'amore sotto le stelle mentre la barca ondeggiava nella dolce marea e Bella vegliava.

Venerdì pomeriggio Travis andò in città a ritirare la posta. Fu contento di vedere che aveva ricevuto la busta dall'editore.

Comprendeva un biglietto del treno di andata e ritorno, un itinerario e un opuscolo sull'editore con il biglietto da visita di Wright allegato.

Sarebbe salito sul treno lunedì a mezzogiorno e sarebbe arrivato alla stazione di New York diverse ore dopo. Un autista lo avrebbe portato in albergo. Il programma mostrava che il treno avrebbe attraversato molte città durante il viaggio verso nord. Stava progettando di fermarsi al negozio di Jolene, ma non vide la macchina parcheggiata nel parcheggio laterale dove lei di solito la parcheggiava. Travis pensò che era fuori a fare una consegna. La farmacia aveva clienti che ordinavano le consegne. Jolene aveva menzionato alcune volte quanto fosse bello avere la macchina e non dover andare in bicicletta. Lui e Bella tornarono insieme in casa. Voleva lavare il camion e la barca prima di cena. Al termine delle faccende, Travis prese una birra fredda e si sedette sulla veranda ad aspettare Jolene. Tra un tiro e l'altro della palla da tennis stava pensando a se stesso, aspettando con impazienza il fine settimana appena iniziato. Stava diventando duro pensando a Jolene, e le tre notti successive di relazioni amorose che avrebbero condiviso prima che partisse lunedì per cinque giorni. Alla fine Jolene arrivò a casa, scese dall'auto e si diresse verso il portico. Travis capì immediatamente dal passo e dallo sguardo sul suo viso che qualcosa non andava. Quando si avvicinò al portico, capì che stava piangendo. Si sedette accanto a lui senza nemmeno salutare.

"Jolene, che succede?" chiese.

Immediatamente lei scoppiò a piangere. Travis le prese la mano e lei lo strinse forte. Poi la prese tra le braccia fino a quando i singhiozzi si calmarono. Prese un fazzoletto dalla tasca e si asciugò gli occhi.

"È per mamma", ha detto.

"Che cos'è? Dimmi."

"È molto più malata di quanto pensassimo. Per settimane e settimane è andata da medici, specialisti e laboratori, ha fatto i test e le radiografie, ed è stata mandata in tanti posti diversi. Oltre 2000 dollari già spesi, e i miei genitori non hanno una buona assicurazione e non hanno i soldi per pagare."

Jolene si soffiò il naso. Travis si alzò e tornò rapidamente con un fazzoletto e glielo porse.

"Continua", disse lui.

"Le hanno trovato un tumore nel suo polmone. Il dottore pensa che sia maligno. Finora non si è diffuso ad altri organi, ma ha detto che è aggressivo e probabilmente danneggerà anche gli altri. Ma è costoso, dobbiamo già così tanto denaro ai medici e vogliono altri millecinquecento dollari solo per accettare di fare l'operazione, e non è tutto ciò che costerà con eventuali complicazioni, recupero, e chissà cosa. Oh Travis, che cosa facciamo?"

Scoppiò di nuovo in lacrime. Travis la tenne e la baciò sul viso e sulla fronte.

"Come va il resto della tua famiglia?"

"Papà è un disastro. E devo essere lì per dare una mano, con i bambini, la casa, la cucina, le galline, anche se preferirei stare con te ..."

"Capisco", disse Travis, dandole una pacca sulla schiena e abbracciandola forte. "Certo che tu dovrai stare con loro. Hanno bisogno di te."

Bella sapeva che qualcosa non andava. Smise di giocare e appoggiò il muso sul grembo di Jolene. Jolene le accarezzò le orecchie e sorrise per il dolore.

"Aspetti qui, piccola. Torno subito", disse Travis.

Entrò nella cabina e si diresse verso la sua scrivania. Prese una grossa busta dalla coniglera e andò in camera sua. Spostò il tappeto, sollevò la tavola e tirò fuori la scatola d'acciaio. L'aprì e tirò fuori tre da mille dollari ciascuno e li mise nella busta. Richiuse la scatola, l'asse del pavimento e il tappeto e uscì sulla veranda. Si sedette di nuovo accanto a lei, le prese la mano e la baciò. Le porse la busta.

"Ecco tremila dollari", disse Travis. "Paga le bollette per prima cosa lunedì mattina, poi paga il dottore per l'intervento. Pianifica l'operazione il prima possibile, non aspettare."

"Tremila dollari? Oh mio Dio!" Disse Jolene, tenendo la busta come se scottasse. "Come hai fatto..."

114

"Non preoccuparti, sono i miei soldi. Non ho derubato una banca o altro. Non spendo molti soldi, e li ho accumulati."

Jolene sembrava in trance. "Travis, non posso accettarli. Inoltre non so quando potrei ridarteli."

"Non preoccupiamoci di questo. Ti amo, ed è la tua mamma, e tu la ami. Prendi, è per una buona causa, non credi? È la cosa giusta da fare."

"Non ci posso credere. E dopo il modo in cui ti ha parlato... faresti questo per lei?"

"Lo sto facendo per te."

"Travis, non so cosa dire."

"Che ne dici di 'Ti amo' e 'Arrivederci'? Mi piacerebbe buttarti sul letto e fare l'amore con te in questo momento, ma la tua famiglia ha bisogno di te. Aspetterò, ricorda solo che me ne andrò dal lunedì al venerdì questa settimana, e non dimenticarti di Bella."

Jolene baciò Bella sulla testa e poi baciò Travis sulla sua bocca. "Dio, ti amo", disse lei.

"Ti amo anch'io. Ora è meglio che tu vada. La tua famiglia ha bisogno di te."

Travis la sculacciò mentre usciva dal portico. La guardò allontanarsi, quindi lanciò la pallina da tennis attraverso il cortile e osservò Bella che la rincorreva. Prese la sua lattina di birra e bevve un sorso.

La settimana seguente fu un turbine per Travis. Non riusciva a dormire sul treno, quindi quando raggiunse New York martedì pomeriggio era stanco morto. Alla stazione c'era un ragazzo in piedi sulla piattaforma che teneva in mano un cartello con il suo nome e si diressero verso un'auto in attesa e l'autista lo lasciò in albergo. Mangiò qualcosa e andò dritto a letto. Mercoledì e giovedì Travis era come un cieco in un labirinto. Tour, meeting, pranzi, cene, dimostrazioni, un sovraccarico continuo di informazioni, pianificazione, ecc. Quando lo lasciarono in stazione, giovedì pomeriggio, era stanco e confuso e non vedeva l'ora di essere solo sul treno senza nessuno con cui parlare. Aveva in mano un contratto firmato. Era il contratto standard per i nuovi autori e avrebbe ricevuto un anticipo di millecinquecento dollari.

Gli suonava bene. Quando tornò nella sua casa venerdì sera, il posto era buio e vuoto, ma c'era un biglietto di Jolene.

Travis leggeva il biglietto:

Gentile autore,

Benvenuto a casa!

Appena leggi questo biglietto, esci sul molo e suona la tromba per qualche minuto. Suona qualcosa di felice, ascolterò. Poi io e Bella saremo lì tra 15 minuti.

Jolene

PS: Non vedo l'ora di buttarti a letto!

Travis portò la tromba sul molo e iniziò a suonare. Quando Jolene e Bella si presentarono pochi minuti dopo, portò pollo fritto, cavoli e patate e mentre mangiavano si riempivano l'un l'altro di quello che era successo quella settimana. Travis le raccontò del suo viaggio e di aver firmato un contratto di pubblicazione e Jolene gli raccontò anche della sua settimana. I suoi genitori erano sbalorditi dal fatto che Travis avrebbe prestato loro i soldi, specialmente dopo il modo in cui gli aveva parlato. Giurarono che avrebbero trovato un modo per ripagarlo un giorno.

"La mamma è molto grata e dispiaciuta e vuole che tu lo sappia. Hanno pagato le loro fatture in sospeso lunedì. Anche il chirurgo e l'operazione è stata programmata per la settimana prossima. Mamma e papà sembrano stare meglio perché parte della preoccupazione è svanita. Hai reso tutto possibile, Travis. Grazie", disse Jolene.

"Prego", disse Travis. "Ma ora è tempo di fare i conti."

Lei ridacchiò. "In che modo dovrei ripagarti?"

"Prova a immaginare", rispose lui.

Travis si alzò e camminò dietro la sua sedia. Si chinò e le baciò il collo e il seno.

"Come lo vuoi prima?" chiese.

"Nella mia bocca", disse, e girò la testa per baciargli le labbra.

A Jolene piaceva scopare in piedi o contro il muro o di fronte a Travis mentre si sedeva su una sedia o sul letto. Amava controllare i suoi movimenti su e giù perché poteva sbattere la sua fica in giù e lavorare sul suo cazzo per spingerlo in profondità. Andarono a letto e si spogliarono mentre si baciavano. Era passata più di una settimana ed erano in astinenza. Una volta tolta la camicia di Travis, Jolene gli tolse i pantaloni. Il suo cazzo era duro e gli balzò verso l'alto mentre lei abbassava i boxer e lo succhiava in bocca.

Bella si stese sul tappeto e vide tutta la scena. Era abituata ai suoni di mamma e papà che scopavano.

Nei mesi successivi furono molto occupati. Jolene aveva il suo lavoro in farmacia, e anche se si era trasferita con Travis, aveva le sue ulteriori responsabilità a casa dei suoi genitori. Insieme a sua nonna, doveva prendersi cura dei bambini più piccoli, cucinare e prendersi cura del giardino e degli animali.

L'operazione di sua madre aveva avuto successo, ma la sua convalescenza avrebbe richiesto tempo. Ma anche dopo le sue lunghe giornate, Jolene tornava sempre da Travis, lei adorava scopare. Travis viaggiò avanti e indietro per New York diverse volte mentre il suo libro era pronto per la pubblicazione. Doveva incontrare il suo editore, approvare la copertina leggere ogni singola parola per essere sicuro che fosse priva di errori. C'erano interviste da fare, molto faticose. La rivista aveva pubblicato l'estratto di recensioni positive, avrebbe pubblicato un secondo estratto e poi un'intervista nei prossimi due numeri. Nonostante la soddisfazione che stava ricevendo dalla pubblicazione e guardando il suo libro prendere forma, era sempre ansioso di tornare a casa dalle sue due ragazze. Soprattutto Jolene, perché sapeva che sarebbe stata pronta a succhiargli il cazzo. Aveva avuto un sacco di ragazze in passato, ma nessuna aveva mai voluto fare sesso tanto quanto Jolene, e nessuna gli aveva mai chiesto di essere scopata nel culo.

Tornò un sabato sera dopo alcuni giorni a New York e Jolene e Bella lo avevano aspettato in città. Andarono in un piccolo locale barbecue che aveva posti a sedere all'aperto sotto una tenda circondata da alberi di pino.

Mangiarono costolette e bevvero birra mentre Bella giaceva accanto a loro. I discorsi in città avevano fatto il giro e tutti avevano scoperto da dove provenivano i soldi per le spese mediche di Jolene. Sapevano che Travis si era procurato un contratto per un libro e un estratto era stato pubblicato su un'importante rivista nazionale, e quel particolare numero si era prontamente esaurito ovunque in città. La loro piccola città divenne improvvisamente famosa.

Dopo le costolette di maiale tornarono a casa e si trovarono a malapena nella porta d'ingresso della casa prima che Jolene si togliesse i vestiti e portasse Travis in camera da letto. Non erano neanche nudi nel letto che lei aveva già il suo cazzo in bocca. Rimasero nudi per le successive quindici ore. Si alzarono solo per andare in bagno, bere qualcosa o lavarsi i denti. Misero Bella fuori casa. Volevano sperimentare la sessione più lunga e intensa di sesso che avessero mai avuto. Travis la scopò prima nella figa, poi nel culo, poi la fece venire con orgasmi multipli leccandole la figa e i capezzoli. Lei gli svuotò le palle quattro volte, era piena di sborra in tutti i buchi, aveva prima ingoiato lo sperma, poi si era fatta riempire la figa e il culo. Dormirono alcune ore, ma poi domenica mattina fecero di nuovo tutto. Era il primo pomeriggio prima che tirassero i loro culi fuori dal letto. Travis aveva appena eiaculato nel buco del culo di Jolene per la seconda volta e le era colato tutto addosso. Erano entrambi stanchi, sudati e molto affamati. Jolene saltò giù dal letto, mise una delle magliette di Travis, e andò in cucina a preparare la colazione. Travis indossò un paio di pantaloni e una felpa. In un attimo l'aroma delle uova e della cottura della salsiccia riempì la casa. Travis fece uscire Bella, ma dopo un paio di minuti non era tornata alla porta, stava abbaiando fuori, lui guardò dalla finestra e vide una macchina che si avvicinava.

"Farai meglio a metterti dei vestiti!", disse Travis a Jolene. "La tua mamma è qui."

Jolene corse alla finestra. "Oh Dio, ha portato tutta la famiglia", disse, corse in camera da letto e indossò un paio di jeans. Quindi spense la stufa e uscirono sulla veranda.

Travis stava con il braccio intorno a lei. Bella sedeva accanto a loro, come una sentinella. Il padre di Jolene era al volante e sua madre era sul sedile del passeggero, con la bambina in mezzo. La nonna e i due ragazzi erano nella parte posteriore. Il padre di Jolene era un uomo grosso, scese e aiutò sua moglie a scendere dall'auto. Entrambi indossavano il meglio per la domenica. Jolene si aggrappò a suo marito e si avvicinarono di qualche passo al portico.

"Buongiorno, mamma. Buongiorno, papà" disse Jolene. "Volete entrare?"

"No, resteremo solo un minuto", disse la mamma di Jolene, e fece un passo avanti. "Siamo venuti a trovarti, signor Travis. Volevo venire prima, ma solo ora riesco a sentirmi meglio e a uscire. Vengo per ringraziarti e dirti quanto mi dispiace. Prego che tu possa trovare un modo per accettare le mie più sincere scuse. Mi sento così male e ho sbagliato così tanto. Non so come hai trovato nel tuo cuore la forza di prestarci quei soldi dopo il modo in cui ti ho parlato. Era cattivo, e mi vergogno. A volte una parte di me viene dal profondo e non ho idea da dove provenga. Io e mio marito siamo davvero fortunati che Jolene abbia trovato un uomo come te. Troveremo un modo per ripagarti in qualche modo. Quindi grazie e per favore perdonami."

Robert abbracciò forte sua moglie. Anche Jolene abbracciò forte Travis e lo guardò. Era il suo turno di parlare.

"Grazie per averlo detto", disse Travis. "Certo che ti perdono. Sei la mamma di Jolene, va bene per me. Non avreste potuto avere una figlia così bella se non foste stati buoni genitori. Di tanto in tanto penso che tutti diciamo cose di cui ci pentiamo. E sono contento che tu ti senta meglio."

Le lacrime iniziarono a scorrere lungo le guance della madre. "Posso abbracciarti?" lei chiese.

Travis e Jolene scesero le scale e Travis si mise tra le braccia di sua suocera. Si abbracciarono forte e Travis sentì tutto il suo calore. Jolene abbracciò i suoi genitori e Travis strinse la mano a Robert. Parlarono anche di un invito a cena. Poi guardarono la macchina allontanarsi.

"Non è stato facile per lei", disse Jolene. "Non ricordo che lei abbia mai chiesto scusa a nessuno. E conosco la mia famiglia, ci siamo sempre fatti avanti. Onestamente, non so come potranno ripagarti."

"Va bene, se intendono ripagarmi, probabilmente li fa sentire meglio. Ma quando ti ho dato il denaro era inteso come un regalo."

Entrarono e finirono di fare colazione.

Qualche tempo dopo, Travis stava ritirando la posta all'ufficio postale e c'era una busta dal suo editore. Lo aprì per trovare un assegno da millecinquecento dollari per il suo anticipo. Camminò lungo la strada fino alla riva.

Quando entrò in banca intendeva incassarlo come al solito. Ma mentre aspettava in coda il cassiere, cambiò idea. Si avvicinò a un uomo calvo in costume alla scrivania e gli disse che gli sarebbe piaciuto aprire un conto. L'uomo gli chiese di sedersi. Travis si sedette e mise l'assegno sulla scrivania dell'uomo e sospirò di piacere. La sua vita recente è balenata nella sua mente. Inaspettatamente aveva incontrato una donna che amava e di cui si fidava, non era più impotente, aveva trovato un talentuoso editore per sostenere il suo lavoro, era stato pubblicato su una rivista nazionale e aveva un contratto con un libro. Una straordinaria catena di eventi. Decise allora che dopo tutto quello che aveva passato, se avesse potuto fidarsi di se stesso, della sua donna, del suo editore, e del suo cazzo, maledizione, poteva fidarsi anche di quella banca. Gli fece fare una copia dell'assegno prima che lo depositassero. Quando il libro fu pubblicato, e un paio di giorni prima che Travis dovesse partire per un certo numero di presentazioni del libro, portò Jolene in una città di medie dimensioni a circa due ore di distanza. Era un venerdì, lei prese un giorno libero. Era una bella giornata per fare un viaggio in macchina e prepararono un cestino da picnic. Bella sedeva dietro, proteggendo il pranzo.

"Perché dobbiamo guidare così lontano per un picnic?" Chiese Jolene.

"Vedrai", disse Travis.

Alla fine raggiunsero la periferia della città, quello che sembrava essere un sobborgo alla moda, e si fermarono nel centro commerciale. Parcheggiò il pickup, Bella aspettò dentro. Travis prese la mano di Jolene ed entrarono nel centro commerciale. Attirarono molti sguardi mentre camminavano mano nella mano. Dovettero camminare quasi fino all'altra estremità del centro commerciale per trovare la libreria. L'editore era lì, entrarono e Travis li condusse agli scaffali delle nuove uscite, proprio vicino all'entrata. Ce n'erano molti tra cui scegliere. Rimasero lì per quasi un minuto prima che Jolene lo individuasse. "Eccolo lì: il tuo libro!" Proprio sotto c'era il nome di Travis, ed era negli scaffali dei romanzi.

Jolene prese una copia dallo scaffale e guardò dentro. Diede un'occhiata alla prefazione, aveva discusso del libro con Travis alcune volte e aveva letto gli estratti. Sapeva quanto fosse personale per lui. Guardò il lembo posteriore e vide la foto di Travis. Uno scatto pubblicitario.

"Carino", disse, indicando la sua foto.

"Guarda la pagina della dedica in primo piano", disse Travis. Jolene lo fece e lesse la breve frase: "Per Jolene, il mio amore, la luce alla fine del mio tunnel."

"Ti amo", disse lui, e la baciò mentre le lacrime le gocciolavano sulle guance. "Torno subito."

Andò a cercare il manager per presentarsi. Tornò con un pennarello e firmò i libri sugli scaffali. Poi andarono al picnic. Travis li portò in un posto perfetto per un picnic. Un posto appartato che aveva visitato per la prima volta da bambino. Dopo circa mezz'ora tornò a casa, poi lasciò l'autostrada e seguì una stradina per qualche chilometro, fino a quando non fu interrotto da un ruscello. Travis prese il cestino da picnic dal pianale del camion e tutti e tre partirono a piedi lungo un sentiero che costeggiava il ruscello. Dopo circa un quarto di miglio riuscirono a sentire il rumore dell'acqua che si faceva più forte e trovarono un punto piatto ed erboso per stendere la coperta. Mangiarono panini con salame e formaggio, sottaceti e frutta e bevvero tè freddo freddo da un thermos. Anche Bella ebbe il suo piatto.

Dopo pranzo ripulirono e fecero le valigie, si distesero e si rilassarono sulla coperta per un po', guardando gli alberi.

"Pronta per il dessert?" Chiese Travis.

"Che cosa hai in mente?" Jolene rise. "Non c'è dessert in quel cestino."

"Andiamo a fare il bagno nel ruscello."

"Sei pazzo?" Chiese Jolene, pensando a cosa sarebbe potuto accadere se qualche barca fosse passata e avesse visto loro due fare il bagno nudi.

"Vieni con me", disse lui. Le prese la mano, la sollevò e la condusse giù per il sentiero.

A soli cento metri di distanza c'era una cascata in cui l'acqua precipitava su un bordo e cadeva a una decina di metri di profondità con uno schianto in una grande pozza di acqua bollente. Travis iniziò a sbottonarsi la camicia.

"Ne sei sicuro, Travis?" Disse nervosamente Jolene. "E se arrivasse qualcuno?"

"Non devi preoccuparti, abbiamo la sentinella. Giusto, bella?"

Bella abbaiò. Jolene rise e aprì la cerniera dei jeans. Piegarono i loro vestiti e li misero in una pila ordinata sulla riva. Travis le prese la mano e si tuffarono. Era più profondo di quanto si aspettassero, l'acqua era alta fino al collo.

"Fa freddo!" lei disse.

"Ti abituerai abbastanza in fretta", disse, poi l'afferrò e la trascinò sotto.

Travis nuotò un po'. Giocavano nell'acqua e si schizzavano a vicenda.

"Sembri così sexy quando sei tutta bagnata", disse, la prese tra le braccia e la baciò.

"Ora stai diventando così duro per me?", disse, e fece scivolare la mano attorno al suo pene. "Come fai a far indurire il tuo cazzo in quest'acqua fredda?"

"Lascia che ti mostri una cosa", disse Travis.

La condusse dall'altra parte delle cascate e su per la riva. Un paio di metri dietro le cascate, e circa a metà strada c'era una sporgenza, abbastanza larga da potersi sedere o sdraiarsi.

Era roccia levigata e liscia. Si arrampicò e tirò Jolene accanto a lui e si sedettero con le gambe penzolanti sul bordo. L'acqua stava precipitando a cascata proprio di fronte a loro, tutto ciò che potevano vedere era l'acqua, ma erano nascosti al mondo. Travis le mise un braccio intorno e le baciò la bocca. Le loro lingue si animarono e le loro mani si spostarono in basso. I capezzoli di Jolene si gonfiarono. Il pene di Travis era duro e pronto.

"Vediamo cosa possiamo fare per quell'erezione", disse Jolene e si riposizionò, chinò il suo corpo flessibile e se lo prese in bocca. Il suo cazzo entrava in profondità fino alla sua gola mentre le teneva la testa per i capelli. Nel giro di un minuto il suo cazzo era come una pietra.

"Buon posto per una scopata, non credi?" Disse Travis nell'orecchio di Jolene.

"Ooh, suona bene."

Travis spostò un po' indietro il sedere sulla sporgenza e Jolene fece ruotare il suo corpo intorno alla parte anteriore di lui e lo cavalcò. Lei lo fissò negli occhi mentre guidava il suo cazzo dentro. Amava cavalcarlo da sopra e sentire lo schiocco della pelle mentre lo sbatteva. Lui le mise le mani sui fianchi e lei iniziò a rimbalzare su e giù. Lei strillò mentre scopava e grugniva mentre lo martellava con la figa. Travis stava scopando la sua donna in una bella giornata dietro una meravigliosa cascata. Si stava avvicinando all'orgasmo quando disse: "Voglio mettertelo nel culo adesso".

Jolene sorrise, si sollevò un po' e spostò il cazzo di Travis nel suo buco del culo, poi scese lentamente per allargarlo. Non entrò subito e ci volle un po' perché non avevano lubrificante con loro, ma alla fine la cappella di Travis riuscì ad aprirle tutto il buco, lei provava dolore e piacere allo stesso tempo. Iniziarono a scopare lentamente, lei lo cavalcava a metà lunghezza, non era ancora tutto dentro. Travis aveva le mani appoggiate sulle tette di Jolene e le stimolava i capezzoli, lei si eccitava di più e il buco del culo si allargava fino a far entrare completamente il cazzo di Travis. Iniziarono a scopare più forte, Travis spostò la sua mano destra sul clitoride e iniziò a massaggiarlo, lei venne in pochi secondi, i suoi urli si mescolarono con il rumore della cascata.

Anche lui era pronto per venire, si alzò subito in piedi, lei si mise in ginocchio con la bocca aperta, la lingua spalancata, e le mani che stringevano i capezzoli. Lui le sborrò in bocca colpendole anche la faccia e il mento, il suo cazzo si contraeva con potenti pulsazioni. Jolene prendeva tutto il suo sperma in faccia e in gola, si guardarono negli occhi e sorrisero in silenzio. Poi si misero sotto la cascata per lavarsi.

"Sembra così fottutamente bello", pensò Travis. "Quasi troppo bello". Pensò a tutto il dolore, la rabbia e l'angoscia che aveva attraversato per arrivare finalmente a quel punto, e a come aveva prodotto il suo primo libro, un buon libro. "Ma come posso scrivere un altro libro se ora mi sento così bene?

Il mio libro ha avuto successo perché ho riversato tutta la mia rabbia per la guerra, ma come potrei scriverne un altro?"

Poi guardò Jolene che si bagnava sotto la cascata, con quel corpo perfetto, e decise di rimandare le sue preoccupazioni a un altro giorno.

Gli straordinari

In ufficio da qualche mese c'è una ragazza, felicemente fidanzata, che trovo molto carina e soprattutto molto sensuale, con cui siamo diventati piuttosto amici, ma con cui non ho mai pensato potesse capitare niente soprattutto per il suo atteggiamento molto composto. Si chiama Roberta.

Qualche giorno fa siamo rimasti in sole 3 persone in ufficio, io, lei ed un'altra mia collega, Milena, con cui siamo molto amici da tempo. Milena, come fa spesso, mi chiese di massaggiarle il collo che era molto teso e mentre stavo cercando di farla rilassare, Roberta mi stupì chiedendomi con un sorrisetto appena accennato di fare un massaggio anche a lei quando finivo con Milena. Naturalmente accettai molto volentieri.

Cominciai a massaggiare il suo collo e la sua bellissima spalla tonica, sentii subito il profumo delicatissimo della sua pelle e dei suoi capelli, la trovavo davvero molto attraente. E senti subito il suo respiro modificarsi ai miei massaggi, si stava rilassando, anche perché ci mettevo particolare impegno e concentrazione in quel contatto inizialmente superficiale.

Dopo circa 10 minuti successe una cosa che mi spiazzò : l'altra mia collega, Milena, fu chiamata dal suo ragazzo e dovette andar via in tutta fretta. Fu evidente l'imbarazzo sia mio che di Roberta nel rimanere soli mentre le facevo il massaggio, non era bello dire di smettere senza ragione solo perché eravamo soli e il suo silenzio mi fece capire che voleva che continuassi. Solo in quel momento mi accorsi che le stava piacendo moltissimo. E subito dopo ebbi una ulteriore conferma mentre la massaggiavo mi guardò per un attimo con una espressione mai vista, gli occhi grandi, dritti verso i miei, un sorriso impercettibile nelle sue labbra, la pelle leggermente arrossata del suo viso. Era davvero irresistibile. Continuai a massaggiarla in silenzio per 10 minuti. Ora ci ritrovammo senza volerlo in una situazione in cui comunicavamo perfettamente con il corpo, senza parlare, e non sembrava avessimo più alcun imbarazzo, era bellissimo. Cè stato un istante in cui ho avuto la certezza che quello che stavo per fare era la cosa giusta, sapevo che lo desiderava anche lei, anche se pensandoci oggi non mi sembra vero che sia stato così audace. Mentre le massaggiavo la spalla, ero in piedi dietro di lei, mi abbassai e le baciai delicatamente il collo e l'inizio della spalla, sentii un profumo ed un sapore meravigliosi, la sua testa, il suo collo, si protesero verso la mia bocca meraviglioso, le piaceva. A quel punto ho perso totalmente la razionalità ed il mio istinto ha fatto tutto il resto sono solo riuscito a pensare che in ufficio a quell'ora non sarebbe entrato mai nessuno.

Ho continuato a baciarle il collo, la spalla, ancora il collo, con le mani le accarezzavo le spalle, ero sempre dietro di lei proteso verso il basso. Lei gira la testa e mi bacia sulla bocca, un bacio lungo, indescrivibile, bellissimo. Senza neanche me ne rendessi conto le mie mani erano sul suo meraviglioso seno e poi giù, cominciai ad esplorare il suo corpo, aveva delle curve più belle di quanto avessi immaginato guardandole.

A questo punto lei si alza e si gira verso di me, quando ci guardammo negli occhi non credevo che stesse succedendo davvero, ci guardammo con desiderio e subito ci baciammo ancora sulle labbra. La feci sedere sulla sua scrivania e mi protesi verso di lei. Ci baciammo ancora, poi volevo sentire la sua pelle con le mie labbra, le baciai il collo e poi più giù, le tolsi la t-shirt aderente, poi subito il reggiseno e baciai il suo seno, che meraviglia, poi subito giù sulla pancia morbida, bellissima mi piaceva scivolare sulla sua pelle vellutata con la mia lingua. Scesi ancora e toccavo la sua schiena, il suo sedere, le sue curve. Non potevo più resistere. Le sbottonai i jeans e li sfilai, il suo corpo e la sua pelle continuavano a stupirmi per la quanto erano belli non ho resistito neanche un attimo le ho sfilato anche il perizoma e ho ricominciato a baciarle la pancia, e quando con il mento ho sentito il contatto con la pelle della sua parte intima, sono stato risucchiato, travolto da una spinta incontrollabile, ho cominciato a baciarla, mordicchiarla, facendole

126

sentire la mia lingua che la cercava, cercava il suo piacere. Lei a questo punto era sopraffatta dal desiderio, si è distesa sulla scrivania, io mi sono seduto dove prima era lei, l'ho guardata per un istante che sembrava infinito, totalmente nuda, distesa, prima di sedermi dove era e ho assaporato quel momento meraviglioso, con la mia testa fra le sue gambe e la mia bocca, la mia lingua su di lei.

Credo che abbia provato un piacere davvero intenso, ma sembrava in quel momento che stesse solo cominciandosi è alzata, mi ha fatto alzare, mi ha spogliato guardandomi negli occhi, mi ha toccato, baciato, toccato ancora.poi mi ha portato verso la scrivania e si è girata, a aperto leggermente le gambe e si è piegata un po in avanti, ho visto il suo corpo meraviglioso che mi aspettava, l'ho toccata, baciata ancora, come un'opera d'arte volevo assaporare prima di possederla, poche volte in vita mia ho trovato una situazione così eccitante, così lei si alza e inizia a leccare la mia cappella fino ad arrivare al mio scroto ascoltando i miei gemiti mi chiede : " ne vuoi ancora ?". Preso dal mio istinto la stendo sulla scrivania

e inizio a penetrarla, sentivo la mia cappella pulsare nella sua vagina, sentivo che eravamo interconnessi, ad un certo punto alza lo sguardo e mi informa del fatto che prende la pillola, un secondo dopo mi lascio andare e eiaculo dentro di lei è stata una sensazione indescrivibile. Per ora non ho ancora avuto modo di rivedermi da solo con Roberta e non ne abbiamo riparlato, non è più successo niente, a parte alcuni sguardi di imbarazzo e penso di attrazione, è diventato davvero difficile mantenere la concentrazione durante il giorno.

Conclusione

Spero che queste storie ti abbiano aiutato a vivere la tua vita sessuale con maggiore entusiasmo e libertà e abbiano placato il tuo desiderio. Spesso siamo enormemente condizionati dalla società moderna e abbiamo paura a parlare apertamente di alcuni argomenti. Siamo abituati a considerare il sesso come qualcosa da nascondere e da vivere in modo segreto, ma se usciamo da questi recinti possiamo scoprire un nuovo mondo.

Si può godere solo se ci lasciamo andare.

Un' Ultima Cosa

Le informazioni che hai trovato su questo libro vengono dai miei appunti personali - ho davvero messo tutta me stessa e tutte le mie energie nella realizzazione di questo libro.

Se ti è piaciuto questo libro ti chiedo solo una piccola cosa che potrebbe davvero fare la differenza per un'autrice indipendente come me. Ti chiedo di dedicare un minuto per lasciare una recensione sulla pagina del libro su Amazon.

Grazie Per Il Tuo Supporto – Virgil Blow

Printed by Amazon Italia Logistica S.r.l.
Torrazza Piemonte (TO), Italy

48580048R10074